学森颂

上海交通大学钱学森研究中心 编

上海交通大学出版社
SHANGHAI JIAO TONG UNIVERSITY PRESS

内容提要

《学森颂》是社会各界人士历年来创作的歌颂钱学森诗词汇编,包括古体诗、古体词、新体诗三种体裁,共 448 首。

本诗集是截至目前国内第一本以文学的形式讴歌钱学森生平事迹、科学成就和精神境界的出版物,作者来自不同阶层、不同年龄层次、不同地域甚至不同国度,充分体现了钱学森作为一位人民科学家所具有的至高社会关注度和影响力。

读者对象为科研院所及高校的研究与教学人员,具有文学兴趣尤其是中国传统文化兴趣和一定鉴赏力的在校学生,以及广大文学爱好者。

图书在版编目(CIP)数据

学森颂 / 上海交通大学钱学森研究中心编. —上海:
上海交通大学出版社,2017
ISBN 978 - 7 - 313 - 16802 - 3

Ⅰ. ①学…　Ⅱ. ①上…　Ⅲ. ①诗集-中国-当代
Ⅳ. ①I227

中国版本图书馆 CIP 数据核字(2017)第 055607 号

学森颂

编　　者: 上海交通大学钱学森研究中心
出版发行: 上海交通大学出版社　　　　　　　地　　址: 上海市番禺路 951 号
邮政编码: 200030　　　　　　　　　　　　　电　　话: 021 - 64071208
出 版 人: 郑益慧
印　　制: 苏州市越洋印刷有限公司　　　　　经　　销: 全国新华书店
开　　本: 710 mm×1000 mm　1/16　　　　　印　　张: 28
字　　数: 359 千字
版　　次: 2017 年 4 月第 1 版　　　　　　　印　　次: 2017 年 4 月第 1 次印刷
书　　号: ISBN 978 - 7 - 313 - 16802 - 3/I
定　　价: 138.00 元

郭沫若 1956 年《赠钱学森》诗作

新岁

逢新开成程。

鸣开成程。

时振额初进

首丘喜雪已跃

一西前稀景看近京此新。

律希门古美递里家闰日

五统边梦好映十一大又

咏下春桥浪展览下产新

即如新虹无朝人天芍日

长党者里载生俊

渐进一院廿真英

钱涧言

的喜五

密咏

森又

附注：

1958 年我刻印特于于京

八年半影是生北

年我刻印特于于京

12 月发多别 1929 力

心在仍半亥浮

28 病说无来春年所

日廿当好饰列

宪所

贺院若了家我我

敬医了过都 3.4

寰东年后今嘉的。

顺华点节之嘴水

时振额初世

黎

1958

即渐寄辰。

钱学森

黎照寰 1958 年 12 月 28 日致钱学森函

水調歌頭
紀念錢學森誕辰一〇五周年
翁欽潤

忍看蒼生苦，济世覓長纓。
重洋遠渡，魑魅亂舞阻鄉程。
梦里故园望断，百折周旋得返，國士問誰惊。
纵此子归去，抵十万雄兵。

苍穹碧，束风肃，巨龍腾。
惊雷响彻戈壁，瀚海寫峥嵘。
鉴业冰霜摧折，笃志丹心戮力，核剑啸苍溟。
浩气流千古，碧血铸干城。

中國书法美术家协会副主席 賀秉发书 丁酉年春

贺秉发题《水调歌头·纪念钱学森诞辰一〇五周年》(作者：翁钦润)

《学森颂》编辑委员会

序

　　2016 年是享誉海内外的杰出科学家、中国航天事业奠基人钱学森同志诞辰 105 周年,也是中国航天事业创建 60 周年。在这样一个具有纪念意义的年份,上海交通大学钱学森研究中心的有心人和慧眼者,经过充分挖掘、多方搜集、精心整理,编辑了这一本体量厚重,蕴藏丰富内涵的纪念钱学森诞辰 105 周年诗词集《学森颂》。我以为,用诗词这一文学形式来歌颂钱学森同志的丰功伟绩、丹心忠魂和家国情怀,应该算是钱学森研究和宣传的创新和突破。目前在国内能够搜集到如此众多的专门歌颂钱学森同志的诗词,并汇编成书的,唯有上海交通大学钱学森研究中心,相信该诗词集会成为钱学森研究领域的一张文化名片。在此,作为一名钱学森的崇拜者和从事党史人物研究的同志,对这一丰富钱学森研究的文学成果的问世表示热烈祝贺。

　　钱学森同志是全世界公认的伟大科学家。他坚定的爱国主义思想、宝贵的科学品质和崇高的精神风范,德高望重的人格魅力,高人一筹的聪明才智,特别是他创造的以"两弹一星"系统工程学说为标志的辉煌成就,为共和国赢得了至高无上的荣誉,为中国人民赢得了前所未有的尊严。用诗词这一方式对钱学森为国家和民族作出的杰出贡献进行歌吟和赞颂,甚好。

　　中国是一个诗歌的国度。一部中国文化史,在很大程度上也可以说是一部中国诗歌史。唐诗、宋词、元曲无不代表着中国古代诗歌的繁荣与辉煌。而在中国历次伟大的社会变革中,诗歌往往起到冲锋号和风向标的作

用。诗歌是一个时代显著的文化标志。同时,诗歌是表达和抒发情感的,是情感的境界和感情的工具。情感出诗人,没有情感出不了好诗。翻阅该诗词集,品读吟诵一首首诗作者发自肺腑的心声,让人深深感到,广大人民群众对钱学森的无比尊敬和无限爱戴之情,都是真情实感的流露,都是言志抒怀的表达。这也许是其他文学形式所不能替代的。

诗言志,诗缘情。《学森颂》诗词的作者,既有级别很高的领导人,也有成绩卓著的科学家;既有与钱老同甘共苦的老航天人,也有与钱学森朝夕相处的老军工人;既有社会名流或文坛作家,也有默默无闻的普通民众,每一个作者将悼念、景仰、颂扬钱老化作心中的守望和凝视,或低歌浅吟,或放声高唱。"兴邦伟绩留青史,熠熠生辉大写人"、"爱国精神垂万世,丹心永照后人心"、"功德无疆民称颂,名垂千古一丰碑"、"博学丰功惊世界,浩然正气驻人间"。像这样歌颂钱老的佳句,在诗词集中随处可见、信手可得。钱学森曾经说过:"我作为一名中国的科技工作者,活着的目的就是为人民服务。如果人民最后对我一生所做的工作表示满意的话,那才是最高的奖赏。"这是钱学森的肺腑之言。他一生以科学的态度追求真理,为祖国、为人民鞠躬尽瘁,在崇德向善中做到学为人师、行为世范。历史已经表明钱学森完美的人格和为人楷模的高尚品德,赢得了中国人民的衷心爱戴。让我们在细细品味诗词中来领略和怀念人民心中的一代伟人吧!

是为序。

高永中

中共中央党史研究室原副主任

前　言

　　刚刚过去的 2016 年是钱学森诞辰 105 周年。出版一本歌颂钱学森的诗词集，是我们多年以来逐渐形成并随着时间流逝愈发强烈的一个愿望，也是纪念和告慰这位享誉海内外杰出科学家的最好方式之一。今天，展现在读者面前的这本纪念钱学森诗词集《学森颂》，算是部分了却了我们作为钱学森图书馆工作人员的一个长久的心愿。

　　十多年前，我们在整理馆藏档案文献时发现，很多钱学森生前友好、学术同仁、亲朋好友乃至党和国家领导人，在送给钱学森的生日贺卡、新年卡片、书信和赠书时，多写有歌颂性诗词、楹联等内容，以表达和寄托对钱老的感谢、赞颂、祝福与敬仰。这些情真意切、感人至深的诗词和楹联作品，赋予了我们结集出版这本诗词集的最初启悟，也触发了我们尝试以一种新的表现形式宣传、纪念钱学森的工作热情。通过这些诗词，我们可以更进一步认识深深扎根于广大人民心中的一代科学巨擘的崇高形象。

　　受这些内容的启发，我们随后有意识地查阅公开出版的个人诗集、诗刊、报纸等出版物，以及通过互联网检索相关作品。聚沙成塔、积少成多，经过日积月累的悉心整理，现已初具规模，无论在内容上还是在形式上，都远远超过了我们最初的预期和估判。据不完全统计，社会各界人士历年来撰写的歌颂钱学森的诗和楹联不下千首。在当代中国，仅就某一位名人而言，能够在全社会、在广大人民心中赢得如此广泛而持久的赞誉和歌颂，客观地说，这种现象实不多见，同时也足以说明钱学森在全国人民心中享有崇

高地位和独特影响力,无愧于"人民科学家"之殊誉。

现就本诗集编辑与出版有关问题向读者作一说明。

一、 关于诗集的特色

在搜集、整理全部诗词及编辑本书的过程中,我们既非常欣喜又不无惊讶地发现,这些诗词作为一个整体,呈现出如下几个方面的鲜明特点:

1. 体量丰富,内容厚重。截至目前,我们共搜集到关于钱学森的各类诗词600多首。经过仔细遴选,本着"去粗取精、优中选优"的原则,最终收入本诗集的,共448首(阕),其中第一编《古韵新风》(古体诗类)319首,第二编《长吟短咏》(古体词类)79阕,第三编《时代放歌》(新体诗类)50首。在内容上,举凡钱学森的人生历程、科学成就、精神风范、爱国情怀等方面,均有涉猎,可谓面面俱到、应有尽有。比起传统的报道类文章而言,诗词对于人物的呈现更富有人文内涵和文化气息,古韵浓郁、格调高雅、富有品味,艺术想象力丰富,读来能让人获得精神的愉悦和思想的启迪。

2. 来源广泛。共包括六个方面:一是上海交通大学钱学森图书馆(下文称我馆)馆藏,是经钱学森生前收阅、认可、珍藏的遗物,依托文献、实物而存在,且其中绝大多数为首次公开,弥足珍贵;二是公开出版物,包括各类诗词集、著作、报纸、杂志等;三是我馆征集的诗词作品,即我们于2016年8月开展的"关于面向社会征集歌颂钱学森诗词征集活动"应征诗词(选取部分优秀作品入编);四是作者为本诗集出版而专门创作的作品;五是特约稿件,即我们向具有代表性身份的部分作者邀约为本诗集创作的稿件,如钱学森原秘书李明、《钱学森与中国航天》课题组副组长王春河等;六是网络作品,即通过互联网检索获得的诗词(佚名作品多属此类)。这六个方面几乎包括所有可以查找、利用的资源,也基本代表了所有诗词的采集渠道。

3. 时间跨度大。从钱学森回国伊始,直至钱学森诞辰105周年,搜集的

诗词时间跨度长达60余年(诗集收录的最早一首作品是时任中国科学院院长郭沫若于1956年《赠钱学森》①一诗)。钱学森作为集国家杰出贡献科学家、人民科学家、战略科学家于一身的标杆性科学巨匠,是诗词创作重要而恒久的对象。在大力加强社会主义核心价值体系建设、大力推进社会主义文化强国建设的今天,对他的爱国情怀、丰功伟绩、精神风范、人格魅力等,怎么颂扬都不为过,怎么讴歌都不过时。这本诗集主要体现了歌颂钱学森诗词的三个创作高峰:一是我国"两弹一星"事业取得成功、钱学森退出国防科研领导岗位,即20世纪80年代初,此时的诗词以歌颂钱学森的丰功伟绩为主;二是2009年钱学森逝世之际,此时的诗词以缅怀纪念,歌颂钱学森的爱国情操、精神风范为主;三是钱学森诞辰纪念日尤其是100周年及105周年之际,此时的诗词以回顾钱学森的辉煌人生历程、全方位歌颂已成为历史伟人的钱学森为主。

4. 作者群体大。经初步统计,诗集共收录370余位作者的作品。这些作者无论在区域分布、行业归属,还是年龄结构、文化层次等方面,分布范围均非常广泛:既有钱学森身边工作人员、学术同行,也有航天、教育等领域的专家学者;既有钱学森工作中的领导和同事,也有他读书时的老师和同学②,还有他的学生和下属;既有部队、文化系统的诗词创作者和诗词理论工作者,也有厂矿、企业的普通职工;既有文化素养、学历层次都很高的专业作家③、大专院校教学与科研人员,也有在校大中小学生;既有党和国家高级领

---

① 该诗原为郭沫若手书并赠予钱学森,后发表于1957年1月3日《文汇报》。原作现由钱学森图书馆馆藏。

② 如《贺钱学森》作者黎照寰,系钱学森在交通大学时期的校长;《祝贺钱学森学长荣获小罗克韦尔奖章》作者戴中溶、王启熙、孙运昌、许缉纲、汪鑫、唐璞等,系钱学森在交通大学时期的1934级级友。

③ 如绿原、阎肃、廖奇才、胡中行、纪学、梁桐纲、刘业勇、薛锡祥、韩倚云、石克、郭曰方、丹圣、周维平、熊炬、陈斯高、杨学军、张统邦、方国礼、梁致祥、钱佐扬、邹吉玲、郭玉琨、王沂等。

导人,也有草根阶层的老百姓,甚至地地道道的农民①;既有年近期颐的老同志,也有年方及笄的"孩子诗人"②;既有全国各地(几乎涵盖所有省份,包括香港地区、台湾地区)的作者,也有来自马来西亚等地的海外华人华侨③。如此等等,集中体现了人民的代表性。

5. 体裁多样。在我们所搜集的作品中,就体裁而言,包括古体诗、现代诗、词、曲、赋、楹联、散文等多种形式。为便于分类,我们只选取了诗词类作品,分为古体诗、古体词、新体诗三大类,并设置相应栏目。在数量上,古体诗为主体,包括七律、七绝、五律、五绝及古风、新韵等各类体裁。

6. 感情真挚,深切动人。诗词是最能触及人们心灵,最能引起情感共鸣,从而最能为公众接受的思想表达方式之一。我们所搜集的这些来自不同阶层、不同年龄、不同地域甚至不同国度作者的诗词,无不折射出各行各业的人对钱学森发自肺腑、出乎真情的高度赞誉、热情颂扬、深切爱戴和崇高敬仰,读来不由让人产生强烈的心灵震撼和情感呼应。从这些诗词中,我们不难发现,钱学森这个名字已经成为中国科学殿堂里经久不息的最强音符,成为引领和推动新中国科技事业蓬勃发展的精神化身。

二、 关于体例编排

1. 关于栏目设置与作品排序。如何设置本诗集的编排体例,是出版之前一直困扰编辑人员的一个大问题。我们在前期充分调研、反复权衡、合理

---

① 如《颂中国航天事业奠基人钱学森》作者莫其孝,现年 83 岁,系湖南省桃江县石牛江镇上七里村农民。

② 如《永远的丰碑——沉痛悼念钱学森》作者徐莎莎,10 岁即开始创作,创作该诗时年仅 16 岁。

③ 如诗作《题钱学森先生》作者李航(香港地区)、词作《临江仙·观钱老终身展后书》作者陈治宏(台湾地区)、诗作《悼卓越科学家钱学森》作者钟临杰(马来西亚)等。此外,还有"量性双悟智,天人一贯才"作者潘受(新加坡)、"千秋德风,万世师表"作者吴耀祖(美籍)。两作品因属楹联而未收录。

取舍的基础上,结合诗词内容和专家意见,逐渐排除按专题、时间或作者身份排序等选项,最终决定以古体诗、古体词、现代诗为版块(一级栏目)划分,各版块内按作者姓氏拼音顺序的原则编排全部诗词,以求得体例合理性的"最大公约数"。例如,我们发现,如果按专题或时间排序,则以悼念、祭奠类诗词为主,时间也相对集中在 2009 年 11 月(钱学森逝世之际)这一阶段,很容易出现栏目内容比重失衡现象。而且,即便按照专题排序,多数作品并没有明显的专题属性。很多作品在风格上集悼念、歌颂于一身,在内容上,集成就、事迹、风范于一体,"专题"的定位与界限很难把握。如果按照作者身份排序,似有"唯地位论"、"唯身份论"之虞,既不利于作品的宣传,也违背了我们编辑出版这本诗集的初衷(即要体现"人民性",不厚此薄彼),还与钱学森本人一贯倡导的平等原则相悖。

当然,话说回来,我们清楚地知道,无论按照哪一种标准编排,都不可能做到尽善尽美,也不可能让每一位读者都满意,只求做到具有相对合理性,能为多数读者所接受。

2. 关于编辑体例。为便于读者了解并理解作品的创作背景、内容和来源,我们按照"题名—作者—内容—作者注—编者注—作者简介—出处"七个方面,依次对作品进行统一体例编排,以最大限度地呈现作品的全貌。其中,"编者注"、"作者简介"及"出处"为本书编辑人员的主要工作。面对数百首诗词、几百位作者,编者投入了大量时间和精力进行查找、考证、比对、联络,以确保全面准确、真实可信、万无一失。我们认为,这既是对作者、对作品负责,也是对读者、对社会负责,同时也更能体现我们的编辑工作在诗集中的价值所在。当然,不无遗憾的是,限于各种条件,并非所有作品在付梓之前均具备上述"七要素"。尤其是诸多网络作品,因多数为佚名作者或发布时作者只留有网名,我们虽已尽最大努力去查询、考证其信息,仍因无法直接跟作者取得联系,从而无从获知作者的准确身份及作品的其他来源(如出版或发表情况)。

另外,有些作品因时代久远,作者职务变化较大,工作单位变迁较频繁,有的甚至已过世,具体信息很难考证清楚甚至无从查考。对此,我们尽可能利用现有资源,发挥团队力量,争取联系其以前或生前工作单位;有的作者信息不完整或缺失(如已在报刊发表的诗词作品,通行体例只标注作者姓名,至多再标注其所属省级行政单位名称,这给我们的考证工作带来了一定的难度),且重名现象较普遍,我们只能尽最大努力、根据自身判断建立对应关系,做到对号入座而不张冠李戴。如有错讹,还请作者理解,包涵。

三、 有关问题的说明

1.诗集的出版是集体劳动的成果。我们在编辑过程中得到了广大诗词作者、诗词理论学者、航天领域的专家、钱学森家属及原身边工作人员、有关单位领导等社会各界人士的鼎力支持。应该说,诗集的顺利出版凝聚着他们的一份关心、一份力量、一份情怀,是集体智慧的集成、友情支持的成果。

2. 作品的遴选原则。首先,为体现作者群体的广泛性,防止出现某位作者作品"扎堆"现象,我们对入编作品数量作出每位作者最多不超过 3 首的上限规定,这对其他作者而言,在某种意义上也体现了公平性。其次,只收录诗词类作品。如前所述,受内容所限,楹联、曲、赋及散文类作品均不在本诗集收录之列;再次,坚持作品信息"底线原则"。即作者姓名、作者简介、出处等作品外三要素中,至少应有一个要素,否则不予收录。最后,坚持质量优先原则。经过精挑细选、仔细打磨、反复斟酌,对钱学森为非叙事主体(如以歌颂中国航天为主或钱学森仅只言片语式提及)的作品,存在价值导向偏差(不够向上、向善、向好、向美)、格调不够高雅、内容存在争议(不够准确)的作品,泛泛而谈以及"问题作者"的作品,一律不予收录,以确保本书成为一部宣传钱学森、弘扬正能量、引领价值观的"红色诗集"。

3. 诗集的作品质量。本书收录的诗词,很多已在专业诗刊、报纸、诗词

集或文学著作上发表或收录,且有不少作者为市级以上作家协会、诗词学会等专业学术团体的注册作家或会员。由此可以说,作品质量有可靠保障,具有相当高的专业水准。当然,由于部分作者并非文学科班出身,多数作者也并非专业作家,作品未能严格遵循古体诗词的格律要求。为此,我们在编辑过程中,在力所能及的范围内,尽可能消除作品中的不实和不规范之处,并本着"海纳百川、不拘一格"的原则,对全部古体诗词不进行体裁的具体类别标注(如七律、五绝、古风、新韵等)。即便如此,我们唯恐仍然存在美中不足之处。

4. 可能的疏忽和遗漏。客观而论,我们作为编辑人员,多数并非文学专业出身,知识储备、职业背景、专业能力与诗集编辑的要求之间客观上存在着一定差距。我们深知自身能力有限、人手有限、时间有限、检索手段有限,书中难免存在遗漏和不足。何况,要全面收集数十年来社会上歌颂钱学森的全部诗词,实如大海捞针,难免挂一漏万。说不定仍有很多优秀的诗词或永久地遗存在那些已故作者的私人笔记之中,或静静地尘封在全国各地的图书馆、档案馆、资料室里,或默默地沉睡在浩如烟海的网络数据库中。

最后,衷心希望本诗集的出版能够在更广泛和更长久的意义上搭建起钱学森诗词作者进行文学交流与思想激荡的平台,凝聚钱学森题材文学创作新的力量,进一步掀起关于钱学森乃至当代中国科学家群体文学叙事新的高潮。若然,我们作为编者也就心满意足了。

编 者

2017 年 3 月

目　录

第一编　古韵新风

第二编　长吟短咏

目录

011

第三编　时代放歌

第一编　古韵新风

颂航天泰斗钱学森

毕建忠

异国求知思北斗，藩篱冲破返神州。

江滨豪对人询语，沙漠欣看箭射楼。

诲言遴才家栋俊，高天颂曲庶民悠。

驰名中外功勋著，驾鹤西归风采留。

【作者简介】毕建忠，中国人民解放军军事科学院军事历史研究部研究员。

【出处】《诗词月刊》2010 年第 3 期，第 42 页。

钱学森

柴世德

纵使归途多险阻，决然追逐自由身。

满腔热血酬华夏，一片丹心为庶民。

利箭腾飞中国梦，宏图谱写九州春。

星辉弹耀和平路，昂首观天日月新。

【作者简介】柴世德，浙江省天台县三合镇工业区凯力公司职员，诗作散见于《中华诗词》《中国楹联报》《当代诗人》等报刊。

【出处】上海交通大学钱学森研究中心纪念钱学森诞辰 105 周年诗词征集活动应征作品。

悼念钱学森

常长平

电视机前看新闻,忽报钱老升天尊。

出境苦钻攻科学,回国报效献忠心。

发射卫星当旗手,开辟航天育后人。

功勋卓著谁能比,华夏青史永铭君。

【作者注】惊悉钱学森同志因病去世,悲痛至极。 吟诗一首,作为悼念。

【作者简介】常长平,曾任山西省平顺县统计局局长。 山西省长治市作家协会会员,著有诗集《太行情》《中华情》《夕阳情》《古稀情》《青羊集》《山水古韵话平顺》等。

【出处】来自网络（中华辞赋网）,网址: http://www.tc168.net/168285/index.asp? xAction=xReadNews&NewsID=32030

钱学森

常长平

不愧炎黄好子孙,深藏一颗爱国心。

苦学获得博士位,辗转终入祖国门。

研发火箭用心血,制造导弹费脑筋。

科学阶梯承担者,航天事业领航人。

【出处】来自网络（中华辞赋网）,网址: http://www.tc168.net/168285/index.asp? xAction=xReadNews&NewsID=32030

钱学森先生颂

陈安平

前后百年否泰察，天赐斯人佑中华。

仰飞神思云天外，俯究细木入胡沙。

古国曾举文明帜，千年以降岂堪夸。

欧风吹送狼烟起，西学东渐泛海涯。

学优博得师友赞，睿智为用雄国叹。

编就花旗规划书，十万劲旅焉能换？

故园迢递大洋西，君欲归来志一贯。

拘君黑室限君身，系统三论仍垂范。

破笼展翼化鹏鸟，神州风光无限好。

调度群贤毕奇功，再造和平赖之保。

志在强国倾谆问，振聋起怠促思考。

心系富民竭情智，科技兴邦总领导。

伟勋何止弹箭星，巨论沙草海农林。

以农立国几千载，始倡知识密集型。

人多地少毁生态，"六次革命"续治平。

我师圣者践宏论，沙产业内当小兵。

【作者简介】陈安平，内蒙古梭梭肉苁蓉研究所所长。 中国野生植物保护协会理事，中国野生植物保护协会肉苁蓉保育委员会副秘书长，中国濒危物种科学委员会、中国濒危物种进出口管理办公室协作专家，《中国荒漠植物图鉴》编辑委员会委员。

【出处】上海交通大学钱学森研究中心纪念钱学森诞辰 105 周年诗词征集活动应征作品。

悼钱学森

陈代南

茫茫广宇天星陨,泣泪声声恸故人。

一路崎岖攀学顶,五年坎坷踏归程。

飞船梦启兴邦愿,导弹花开爱国情。

赤子丹心垂后世,长空青史载芳名。

【作者简介】陈代南,湖北省黄冈交通学校副校长。 湖北省书法家协会会员,黄冈市书法家协会副主席,湖北省儿童书画研究会会员。

【出处】《东坡赤壁诗词》2010 年第 5 期, 第 42 页。

悼钱学森

陈高山

过海漂洋为哪般[1]，不图名利不求官。

精忠一念唯家国，奋勉三生报地天[2]。

探索真知无畏惧，相濡挚爱共缠绵[3]。

心期百岁成星宿，鹤驾西归我黯然。

【作者注】

1. "过海漂洋为哪般"： 1934年6月钱学森考取公费留学生，先后进入美国麻省理工学院航空系加州理工学院航空系学习，师从世界著名空气动力学教授冯·卡门，先后获航空工程硕士学位和航空、数学博士学位，28岁时就成为世界知名的空气动力学家。

2. "奋勉三生报地天"： 钱学森一生不停地学习、探索。 他认为只有这样才无愧生于天地之间。

3. "相濡挚爱共缠绵"： 钱学森夫人蒋英是我国现代著名军事战略家、军事教育家蒋百里的三女儿。 蒋英不但是钱学森生活上的好伴侣，也是他事业上的好帮手。 他们不仅感情甚笃，而且在艺术上、事业上也有共同语言。

【作者简介】陈高山，湖南汨罗人。 历任湘潭县副县长、湘潭市教育委员会主任兼中共湘潭市教育局委员会书记等职。

【出处】陈高山著：《一止斋诗词选》，广西师范大学出版社，2012年。

航天之父永留人间

陈桂森

晴天霹雳催人心,地动山摇巨石崩。

航天痛失擎天柱,雷电难掩众泣声。

漫漫五年回归路,十年奋斗两弹成。

呕心沥血航天父,鞠躬尽瘁为人民。

丰功伟绩盖千秋,叱咤风云震环球。

丹心一片如明月,青史千行万古留。

世后更知君伟大,英名光辉照九州。

后继有人航天业,典型留与后人模。

继承元勋遗愿志,誓将伟业化宏图。

【作者简介】陈桂森,火箭专家。

【出处】来自网络(人民网·科技频道):《火箭专家陈桂森赋诗: 航天之父永留人间》,网址: http://scitech.people.com.cn/GB/10307743.html

悼钱学森

陈焕琪

泰山北斗痛仙逝，华夏山河肃默哀。

突破重围排诱胁，披荆斩棘矢归回。

两弹一星栋梁柱，探月航天育智才。

功德无疆民称颂，名垂千古一丰碑。

【作者简介】陈焕琪，杭州市萧山区文联常务副秘书长。
【出处】《诗词月刊》2012 年第 10 期，第 68 页。

钱学森

陈捷延

舍身报国历万艰，五年监禁意拳拳。

蛟龙终自归沧海，一喷虹霓上九天。

【作者简介】陈捷延，国务院参事室国学研究基金会秘书长兼文化部中国文化管理协会副主席，中国留学人才发展基金会秘书长，文化部东方文化艺术院副院长。 著有《毁灭与生存： 捷延影视戏剧作品自选集》《过客吟——捷延咏史诗存》等。
【出处】陈捷延著：《过客吟——捷延咏史诗存（下）》，中国文史出版社，2012 年。

题钱学森

陈金其

生是炎黄裔,死为华夏魂。

思乡弃名利,报国返家园。

囚禁金山久,光阴火箭吞。

余生凭教育,文化富强门。

【作者简介】陈金其,福建省厦门升捷丰电子有限公司职工。

【出处】上海交通大学钱学森研究中心纪念钱学森诞辰 105 周年诗词征集活动应征作品。

万代仰忠魂

陈斯高

一星两弹铸乾坤,心有中华举世尊。

凛凛风标惊微末,殷殷情质启后昆。

航天致远功劳大,科学图强壮志存。

耀眼光芒辉前路,炎黄万代仰忠魂。

【作者简介】陈斯高,江苏省泗洪县职业中学原校长。 江苏省作家协会会员,中国散文学会会员,中华诗词学会会员,宿迁市政府文学奖获得者。 作品散见于《雨花》《中华诗词》《扬子江诗刊》《散文选刊》《当代诗词》等报刊。 著有《陈斯高诗文集·散文卷》《陈斯高诗文集·诗词卷》《义门陈的传说》等。

【出处】上海交通大学钱学森研究中心纪念钱学森诞辰 105 周年诗词征集活动应征作品。

告别钱学森

陈文端

雪花漫舞彻天寒,告别深情八宝山。

宽阔胸襟装宇宙,智能头脑骋蓝天。

利民强国遵家训,劭德奇才耀史笺。

警世恒言栽国栋,人才辈出九泉安。

【作者简介】陈文端,广东省肇庆市文化局(现称肇庆市文化广电新闻出版局)原副局长,肇庆市文物管理委员会办公室原主任。

【出处】陈文端著:《端城咏月》,西江日报印刷中心,2009 年 12 月。

悼念钱学森同志

陈显誉

金钱何所动,胁迫岂能淫。

耿耿炎黄志,拳拳赤子心。

千年奇耻雪,两弹一星神。

伟绩惊天地,恩情比海深。

【作者简介】陈显誉,湖南省郴州市老干部诗社副社长。 中华诗词学会会员,湖南诗社、岳麓诗社、郴州诗词协会会员。 诗作散见于《诗词月刊》《桂东诗联》《长白山诗词》等刊物。

【出处】《诗词月刊》2010 年第 7 期,第 75 页。

痛悼钱学森同志

陈迅工

一将足顶五师团，奇功盖世耀蓝天。

几多蚊蝇逐绿卡，钱公姓钱不爱钱。

此生惟愿长报国，楷模永留天地间。

泰斗英魂驾鹤去，道德文章真金传。

【作者简介】陈迅工，广东省韶关市质量技术监督局高级工程师。

【出处】来自网络，网址：http://blog.163.com/bjli2009 @ 126/blog/static/12757064320091010748l4815/

悼念中国航天之父钱学森

陈颖光

噩耗传来日色阴，秋风悲泣伴哀音。

功臣赫赫忠臣业，君子谦谦赤子心。

盖世英才早开智，革新教育晚披襟。

星光高照环球转，天上人间钱学森。

【作者注】

1. 晚年钱学森曾在病榻上向温家宝总理坦诚相告："现在的中国没有完全发展起来，一个重要的原因是没有一所大学能按照培养科学技术发明创造人才的模式去办学，没有自己独特的创新东西，老是冒不出杰出人才。这是很大的问题。"

2. 2001年12月21日，一颗国际编号为3763的小行星被命名为"钱学森星"。

【作者简介】陈颖光，高级经济师。历任中国人民银行浙江省分行副行长、中国工商银行浙江省分行行长、上海浦东发展银行杭州分行行长、浦发银行总行咨询委员等职。现为中国国家诗书画院终身名誉院长，浙江之江诗社名誉社长。著有《银行商业化之路》《闲庭信步》《熔金吟稿》《人生路标吟草》等。

【出处】陈颖光著：《夕拾诗稿》，浙江大学出版社，2013年。

钱学森同志荣获"小罗克韦尔奖"有感

崔玉化

神州科苑一精英，展翅鲲鹏九昊鸣。

富供他邦甜不就，贫匡祖国甘苦行。

超音逐电驭喷气，缩地巡空巧制衡。

同步星传天下事，颁书不举亦蜚声。

【作者简介】崔玉化，沈阳诗词学会副会长，沈阳市老干部书画协会副会长。 中华诗词学会理事，沈阳市作家协会会员，全国老年书画协会会员，著有《金秋诗稿》《金秋诗稿（续集）》《晚秋诗抄》等。

【出处】崔玉化著：《金秋诗稿》，沈阳出版社，1992 年。

祝贺钱学森学长荣获小罗克韦尔奖章

戴中溶　王启熙　孙运昌　许缉纲　汪鑫　唐璞

同心协力共登攀，万里长城第一关。

立就丰功酬祖国，留将荣誉在人寰。

航天技术谈何易，导弹工程莫等闲。

奖获小罗克韦尔，京华同学喜开颜。

【编者注】1989 年 8 月 5 日，《人民日报》头版报道钱学森获理工界最高荣誉"小罗克韦尔奖章"和"世界级科技与工程名人"称号。 8 月 11 日，在京交通大学 1934 级级友戴中溶、王启熙、孙运昌、许缉纲、汪鑫、唐璞等相约会面聚谈，非常高兴亦深感荣幸，特联名赋诗向钱学森表示祝贺。

【作者简介】

1. 戴中溶（1909—2007），上海嘉定人，中国科学院原二局副局长、中国科学院数理学部顾问，中将。

2. 王启熙，福建闽侯人，著有《英汉汽车词汇简释》《怎样修理汽车引擎》《新编汽车驾驶术》等。

3. 孙运昌（1911—1996），江苏江阴人，历任北京石油管理总局设计局动力室副主任、石油部广州设计院动力室副主任、抚顺石油设计院电工室副主任等职。

4. 许缉纲，江苏常熟人。

5. 汪鑫，江苏武进人。

6. 唐璞，江苏如皋人。

【出处】上海交通大学钱学森图书馆馆藏。

伟哉钱学森

戴军

自谓姓钱不爱钱,丰碑立在民心间。

水轮冲破千层浪,火箭腾穿万仞天。

系统论中彰至道,砺沙场里见真诠。

功高不傲安详气,楷范长留青史篇。

【作者简介】戴军,湖北黄冈中学教研处原主任,特级教师,黄冈市政协文史专员。 湖北省诗词学会会员,黄冈市诗词学会常务理事,黄冈中学青云诗社副社长。

【出处】《东坡赤壁诗词》2010 年第 1 期,第 40 页。

人民科学家钱学森

丹圣

航箭神州尊父王，为人钱老总平常。

建功卓越不图报，隐姓科研苦拓荒。

箭弹蘑云丧敌胆[1]，强军国盛社安详。

求精自励勿求利，献宝捐金育栋梁[2]。

奋发高新科技烈，中华民族第一郎。

巨星陨落讴悲曲，永赞航天箭弹王。

钱老铭心为祖国，高酬岂可媚伥狼。

特工华府施毒计，性命拼将巧砸缰。

钱老铭心勤俭朴，功高仍住老屋房。

姓钱不做爱钱蛀，恨煞赃官贪欲狂。

钱老铭心学术旺，创新探索宙天航。

继承先烈凌云志，接棒高科保国防。

【作者注】

1. 我国第一颗原子弹爆炸成功后，震惊了全世界，台湾地区的蒋介石惊恐万分。

2. "献宝捐金"：钱老曾多次向中央政府献计献策，力主为培养航天高科技人才，要求办航天专业学院，为此他曾多次将其著作版权稿费等捐献出来。

【作者简介】丹圣，曾在《深圳特区报》《深圳风采》《特区文学》等文学报刊社从事创办工作，任常务副主编，编审。著有小说剧本《小姐同志》、散文集《春梦今朝》、诗文选《鹏城玉笛》、长篇报告文学《鸿飞万里情》等。

【出处】丹圣著：《鹏城玉笛——丹圣诗词文选》，香港文艺出版社，2001年。

向航天泰斗钱学森致敬

丁连先

科学巨匠报佳音，爱国奉献钱学森。

赤子归来攻关帅，航天伟业奠基人。

两弹元勋功卓著，九州歌颂大功臣。

超越梦想频冲刺，精神抖擞壮乾坤。

鲲鹏展翅越重洋，冲破藩篱返故乡。

炎黄赤子丹心献，壮丽归途爱绵长。

一心报国鸿鹄志，百岁人生逐太阳。

攻克尖端操胜券，激情澎湃谱新章。

科技腾飞路途长，乾坤在握展翅航。

大我担当接地气，前进中国顶天梁。

呕心沥血谋胜算，智慧凝成铸铁墙。

地动山摇核弹爆，民族振奋贺国强。

【作者简介】丁连先，政工师，1964 年在陆军第 38 军服役至转业。 辽宁省瓦房店市作家协会会员，河南邓州"编外雷锋团"成员，中国雷锋精神研究会会员。 诗作散见于《光明日报》《词刊》《中国国防报》《国防时报》《中华辞赋》等报刊。

【出处】上海交通大学钱学森研究中心纪念钱学森诞辰 105 周年诗词征集活动应征作品。

缅怀中国航天事业奠基人

杜金良

五年艰险回国路，十载研发两弹成。

一片空白创伟业，运筹帷幄育新生。

攻关克难传帮带，系统科学奋斗程。

自力腾飞结硕果，九州崛起舞东风。

【作者简介】杜金良，天津市第一中心医院副主任医师。
【出处】作者为本诗集出版所作。

为钱先生九十岁寿

（藏头诗）

杜一

为学功高称尽瘁，钱老岌岌实堪当。

先辈创业名垂宇，生逢盛世乐舜唐。

九旬方庆千载酒，十年再进百龄觞。

岁比彭公日月长，寿似鹤松永留芳。

【作者简介】杜一，时为上海交通大学体育系学生。
【出处】钱学森办公室编：《九十华诞钱学森》，上海交通大学出版社，2003 年。

怀念钱老

范和平

钱老成就辉煌业,两弹一星天下钦。

爱国精神垂万世,丹心永照后人心。

【作者简介】范和平,上海宝钢集团退休干部,诗作入选《中国古今绝句选集》等。

【出处】上海交通大学钱学森研究中心纪念钱学森诞辰 105 周年诗词征集活动应征作品。

送钱学森

——中华民族的精神星座

方崇元

苦雨凄风大雪纷,神州共泣送忠魂。

自强不息凌云志,正气凛然赤子心。

箭指苍穹传虎啸,雷鸣大地唤龙吟。

兴邦伟绩留青史,熠熠生辉大写人。

【作者注】2009 年 10 月 31 日早上,一代科学巨擘钱学森在北京逝世,当晚秋雨突降,次日大雪纷飞,可谓天人共泣、举国同悲。

【作者简介】方崇元,河南省老年诗词研究会理事,郑州铁路局老年诗词研究会副会长。诗作散见于《中华诗词》《中国老年》《中国老年报》《中州诗词》等报刊。

【出处】原文载于《诗词月刊》2010 年第 3 期,第 43 页。另见:《人才资源开发》2010 年第 4 期,第 101 页。

颂钱学森

冯国喜

五年归国路,执着孰如公?

两弹雷霆上,一星宇宙中。

群科王者气,余趣学人风。

胜绘凌烟阁,书生不世功。

【作者简介】冯国喜,湖南省祁阳县文联原主席。 中华诗词学会会员,祁阳县浯溪诗社副社长。

【出处】上海交通大学钱学森研究中心纪念钱学森诞辰 105 周年诗词征集活动应征作品。

贺钱老九八新年

冯健翔

天地人间一脉通,控得风云自从容。

系语东风八万里,李自芳菲桃自红。

【作者简介】冯健翔,北京遥控科学与智能化实验室主任,教授,中国管理科学院研究员,中国人工智能学会智能机器人专业委员会委员,中国月球探测计划应用专家委员会专家,喀吗哆机器人原型总设计师,中国宇航学会兵工学会系统工程学会会员。

【出处】上海交通大学钱学森图书馆馆藏。

闻钱学森逝世有感

傅卫红

一石激起千层浪，此去瀛台万众哀！

两弹震吼名青史，星耀苍生国门辉。

【作者简介】傅卫红，湖南省安化县中学教师。

【出处】陈全林主编：《益生文化》（内部资料），2010 年。

一代巨擎钱学森

傅轶青

江南孺子梦兴邦，甲午神州元气伤。

立志科学图报国，负笈北美闯八方。

博士教授凌巨浪，喷气推动掌舵当。

冯老高徒今胜昔，跻身上座议国防。

五年归里崎岖路，一"信"暗藏外事仗。

放虎归山被骂傻，航天今日帅旗扬。

导弹论导入门课，院长建院第一讲。

"星际航行"动力变，"工程控制"百炼钢。

"东一"仿制包围战，"东二"自研有志向。

成果人才双丰收，看家护院布天帐。

核弹导弹两相会，点击九天雷暴响。

震慑核狼莫讹诈，鹏举龙骧呈辉煌。

我们也要放卫星，出世横空妙曲工。

火箭"长一"来运送，巡空演奏东方红。

择优跟踪洲际弹，瞄准前沿通信网。

朗朗乾坤金汤固，东风浩荡保天疆。

顶天立地志犹坚，继往开来意轩昂。

载人航天空间站，嫦娥登月艳群芳。

青梅竹马双飞燕，歌唱名家俏姑娘。

风雨同舟两互助，相濡以沫酿春光。

航天事业六十载，弹箭星船舞霓裳。

独立自主爱祖国,无私奉献正能量。

功勋长耀天地间,业绩永留青史上。

流水高山存风范,航天泰斗闪光芒。

【作者简介】傅轶青,中国航天科技集团公司第八研究院（即上海航天技术研究院）第801研究所大型火箭发动机研究室原主任,液体发动机专家。 著有《长空无垠凭飞翔》等。

【出处】上海交通大学钱学森研究中心纪念钱学森诞辰105周年诗词征集活动应征作品。

题钱学森

傅渝

漂洋过海忆飞鸿,赤子情怀万里同。

坎坷寒冰归国路,辛勤白发改天功。

云穿导弹惊于世,手捧明星送到空。

多少浮名轻一哂,清风皓月仰钱翁。

【作者简介】傅渝,重庆川仪金属功能材料分公司工程师。

【出处】上海交通大学钱学森研究中心纪念钱学森诞辰 105 周年诗词征集活动应征作品。

闻钱学森院士逝世

敢峰

科学星空巨星陨,举国哀悼夜深沉。

九十八年人生路,科技帅才第一人。

火箭技术惊天地,赫立功勋烁古今。

航天之父仙逝矣,接回嫦娥待后生。

【作者注】2009 年 10 月 31 日,钱学森院士逝世,笔者于次日获悉噩耗后遂作此诗。

【作者简介】敢峰,北京力迈学校名誉校长。历任《人民教育》杂志社副总编辑、中共北京市委宣传部副部长等职。

【出处】敢峰著:《敢峰诗集》,中国华侨出版社,2013 年。

悼钱学森

高治军

天上缺才招钱老,驾鹤西去赴碧霄。

秋雨绵绵尽哀思,悼泪涟涟掀大潮。

两弹一星寰宇载,一片丹心汗青标。

偌个书生神州恸,国旗只有半旗飘。

【作者简介】高治军,河南省诗歌学会副会长,《中国教育报》河南记者站站长,河南教育报刊社社长。 著有诗词集《我手写我心》《沐春踏歌行》《大河飞歌》《瀛海行》《微雨燕子飞》《呼伦贝尔情》《诗颂中原》等。

【出处】高治军著:《明月清风吟》,中国文联出版社,2010 年。

念钱学森前辈

葛保栓

两弹一星立战功,中华大地振雄风。

千年史册换新卷,万里山河披彩虹。

【作者简介】葛保栓,河北保定人,自由职业者。 当过教师、建筑工、报社编辑。

【出处】上海交通大学钱学森研究中心纪念钱学森诞辰 105 周年诗词征集活动应征作品。

祭钱学森大师

葛保栓

两弹振国门,一星醉万心。

山河逢盛世,岁月遇仙人。

【出处】上海交通大学钱学森研究中心纪念钱学森诞辰 105 周年诗词征集活动应征作品。

胡锦涛总书记看望钱学森、吴文俊两位著名科学家

葛正华

登门祝福贺新年,两树梅花香满天。

煦煦春风融积雪,绵绵暖语乐心田。

航天科技惊寰宇,数学机能奏凯旋。

二老功勋高泰岳,中华昌盛仰尊贤。

【作者简介】葛正华(1929—2015),中华诗词学会会员。曾任江苏省淮安市楚州区诗词协会常务副会长、淮安市诗词协会顾问。

【出处】卜开初、刘海峰主编:《洪泽当代诗人精品录》,中华诗词出版社,2008 年。

沉痛悼念"中国航天之父"钱学森同志

古博生

勇破樊篱归祖国,尽忠竭智献航天。

一星两弹功勋著,青史长留典范篇。

【作者简介】古博生,广州诗社社员,梅州市嘉应诗社理事。 著有《眉山陋室诗词选》。

【出处】古博生著:《眉山陋室诗词选》,嘉应诗社,1997 年。

中国"航天之父"钱学森

顾绅

游子归来藐苍穹,锁定星河挽大弓。

揽月飞天光焰里,仰君才思驾雄风。

【作者简介】顾绅,江苏省东台市老干部诗书画协会副理事长,《东亭晚翠》诗刊常务副主编。 著有诗文集《尚友居吟草》等。

【出处】河南诗词学会编:《中州诗词》2008 年第 3 期,第 19 页。

哭钱学森大师[1]

关世义

短讯随波抵厦门，巨星陨落撼乾坤。

航天导弹尊称父，两弹一星[2]国功臣。

著作等身真泰斗，创新理论赛卡门[3]。

大成智慧[4]成一体，伟论留传照后人。

【作者注】

1. 在厦门机场候机室，准备返回北京，突接短信，传来钱学森大师于 2009 年 10 月 31 日上午辞世的信息，作为先生理论的追随者，感到万分悲痛、惋惜。

2. "两弹一星"，即导弹、原子弹和人造地球卫星。

3. "卡门"，即冯·卡门，国际著名力学大师，钱学森在美国加州理工学院攻读博士学位的导师。

4. "大成智慧"，指钱学森先生晚年大力倡导的大成智慧学和大成智能工程。

【作者简介】关世义，航天三院（全称中国航天科工集团第三研究院，下同）研究员、博士生导师，享受国务院政府特殊津贴。

【出处】上海交通大学钱学森研究中心纪念钱学森诞辰 105 周年诗词征集活动应征作品。 另见：《中国航天报》2009 年 11 月 5 日，第四版。

悼航天之父钱学森

顾敬桥

墨成星雨纸成虹,万代功名书碧空。

哀念嫦娥今载去,追君魂梦到蟾宫。

【作者简介】顾敬桥,北京航空航天大学 2014 级 19 系 141911 班学生。

【出处】上海交通大学钱学森研究中心纪念钱学森诞辰 105 周年诗词征集活动应征作品。

悼念钱学森（三首）

贵荣

一

浩瀚长空雪茫茫，闻声噩耗心悲凉。

科海九重巨星落，赤县五湖素银装。

长江黄河两眼泪，满天星斗尽哀伤。

试问钱老今何在？月宫再把伟业创。

二

当年回国报华夏，赤子踏浪迎彩霞。

丹心一片献故土，应用力学创奇法。

情操高尚业精通，倚天之剑向天涯。

两弹一星国威震，科学巨人谁不夸！

三

莫道科学千般苦，雪后方觉风透骨。

虽言长空多一星，五洲大地皆在哭。

有情有义憾魂魄，嫦娥迎宾月宫出。

斯人已去青山在，长悬日月齐祝福。

【作者简介】贵荣，甘肃《定西日报》原副总编。

【出处】2009 年 11 月 17 日《定西日报》。第二首另见解放军原总装备部美术书法研究院编：《高山仰止 风范长存——纪念钱学森诞辰 100 周年美术书法作品集》，广西美术出版社，2011 年。

古韵新风

031

颂钱老

郭凤林

一身能抵五师兵，不恋浮华愿苦行。

万里人归谁丧胆，千秋业起史垂名。

神州喜送神舟去，盛世频将盛事迎。

无数俊才门下聚，承祧举火向天征。

【作者简介】郭凤林，河北唐山钢铁集团有限责任公司退休职工。 中华诗词学会会员，中国楹联学会会员，唐山市楹联学会副会长，《唐山诗词》主编。

【出处】上海交通大学钱学森研究中心纪念钱学森诞辰 105 周年诗词征集活动应征作品。

赠钱学森[1]

郭沫若

大火无心云外流，登楼几见月当头[2]。

太平洋上风涛险，西子湖中景色幽。

突破藩篱归故国，参加规划献宏猷[3]。

从兹十二年间事，跨箭相期星际游。

【编者注】

1. 1956 年 1 月 25 日，毛泽东主席主持召开最高国务会议。 会上，毛泽东宣布："中国人民应该有个远大的规划，要在几十年内，努力改变中国在经济上和科学技术上的落后状态，迅速达到世界上的先进水平。"随后，在周恩来总理和陈毅、李富春、聂荣臻副总理领导下，国务院成立科学规划委员会，研究制定规划纲要。 1956 年春，周恩来总理领导制定《1956—1967 年科学技术发展远景规划纲要》，钱学森为综合组组长。 当时的中国科学院院长郭沫若对钱学森的出色表现深表赞赏，特赋诗一首，赠与钱学森。

2. 东汉诗人王粲曾作《登楼赋》，怀念故乡。 此处指钱学森身在国外，时刻怀念祖国。

3. 1994 年 9 月 12 日，钱学森将诗的内容抄送钱学敏，并说这首诗"说的是 1956 年 12 月科学规划的事，我很怀念那个年代"。

【作者简介】郭沫若（1892—1978），著名文学家、剧作家、诗人、历史学家、古文字学家、书法家、学者、社会活动家。 历任政务院副总理、文化教育委员会主任、中国科学院院长、中国科技大学校长、全国人大常委会副委员长等职。

【出处】1957 年 1 月 3 日《文汇报》。

悼钱学森

郭玉琨

哲人西去九州悲,叶落纷纷高木萎。

云起蘑菇世惊慑,船飞宇宙国扬威。

潇潇秋雨天垂泪,霭霭卿云时伴随。

君去泉台自甚慰,金瓯如岳孰能移。

【作者简介】郭玉琨,中华诗词学会理事,河南省南阳诗词学会会长,《南阳诗词》主编。 主编有诗集《中外诗人咏南阳》《南阳诗词十年作品选》《当代诗词选萃》等。

【出处】谭博文著:《砥砺集》,作家出版社,2013 年。

颂钱学森院士

郭月中

东方日出喜扬眉,学子隔洋醉玉杯。

报国之心曾切切,回归期盼每睺睺。

卫星火箭全球震,力学工程举世辉。

且看英雄登月日,中华更赞学森魁。

【作者简介】郭月中,20 世纪 60 年代任酒泉卫星发射基地发射团一部政治部主任,曾参加 1970 年"东方红一号"人造卫星发射任务。

【出处】上海交通大学钱学森图书馆馆藏。

航天之父钱学森

韩倚云

异邦岂可锁乡魂,舒展胸襟返国门。

心向航天追日月,神随火箭耀乾坤。

已成星宿行云翼,再化春风润玉林。

最是临终发一问,凭谁记取莽昆仑。

【作者简介】韩倚云,中华诗词学会会员,北京诗词学会会员,子曰诗社社员。《九州诗词》常务副主编,陈少梅诗书画院院长。

【出处】《岷峨诗稿》2016年第3期,第14—15页。

悼念钱学森

杭天才

帷幄运筹生命酬,匹身何止万兜鍪。

穷年守拙丘壑志,大漠拓荒都帅头。

两弹扬威威九域,一星流誉誉千秋。

哲人驾鹤归天去,怅望银河泪湿眸。

【作者简介】杭天才,江苏扬州人。

【出处】江苏省东海诗词楹联协会编:《东海诗词》2009年会刊。

恭贺钱学森老师九秩华诞

胡孚琛

燕雀落处起鲲鹏，抱道图南振雄风。

宗师耄期仍不倦，广开民智奔大同。

【作者简介】胡孚琛，中国社会科学院研究员，与钱学森在学术上常相过从。

【出处】上海交通大学钱学森图书馆馆藏。 另见： ① 《九十华诞钱学森》，上海交通大学出版社，2003 年； ② 胡孚琛著：《丹道法诀十二讲（六）》，社会科学文献出版社，2013 年。

赞"中国航天之父""两弹一星"
元勋钱学森（二首）

胡俊杰

一

转益多师喜学书，已甘熊掌又求鱼。

航天想得自专业，力学方殷导弹濡。

麻省名簧轻恋栈，新旌加大[1]慕鸿儒[2]。

交叉习读风乘虎，寥廓未闻博学愚。

二

钱公驾鹤遽归西，叹息人间失五师。

报国怀乡万里外，间关犯险十年时。

一星两弹怀英士，转益多师文肇兹。

八佾宫墙今不见，近亲教益有谁知。

古韵新风

037

【作者注】

1. "加大"，指美国加州理工学院。

2. "鸿儒"，指加州理工学院力学大师冯·卡门教授。 钱学森从交通大学机械工程学院毕业后，于 1935 年进入美国麻省理工学院航空系学习，1936 年 9 月转到加州理工学院，追随冯·卡门，从事航空工程理论即应用力学的学习与研究。

【作者简介】胡俊杰，华中科技大学教授，著有诗集《归雁秋声》《归雁秋声·一个佣奴而至学者之史诗》及学术专著《交叉经济学问题研究与实践》《微观交叉经济学新论》等。

【出处】胡俊杰著：《微观交叉经济学新论》，中国经济出版社，2013 年。

怀钱老

胡旭光

学界思泰斗,神州陨巨星。

高风仰后世,睿智照苍穹。

两弹惊寰宇,一星遨太空。

斯人虽已去,华夏铭奇功。

【作者简介】胡旭光,先后在四川省泸州市纳溪区新乐农中、纳溪机关子弟学校、泸州市蓝田中学、泸州市江阳区中学教研室、泸州市江阳区教研培训中心等单位工作。

【出处】来自网络,网址: http://blog.sina.com.cn/s/blog_40d6ede80100i10r.html

纪念钱老诞辰一百零五周年
（回文）

胡中行

明星伴月耀天中,问学大千三径穷。

情性真诚深爱国,名留史是最高峰。

峰高最是史留名,国爱深诚真性情。

穷径三千大学问,中天耀月伴星明。

附： 步韵胡中行颂钱学森诗以和

（回文）[1]

余德浩

明星映海学成功，备武强军济世穷。

名载史书天宇广，情深报国爱心红。

红心爱国报深情，广宇天书史载名。

穷世济军强武备，功成学海映星明。[2]

【作者注】

1. 昨晚从朋友圈获知复旦胡教授回文诗，一时兴起，也得一诗，与诗友共享。

2. 这正是： 年届古稀时，回文静夜思。 遣词惊妙句，顺逆各成诗。

【编者注】

1. 为纪念钱学森诞辰 105 周年，2016 年 7 月至 9 月，上海交通大学钱学森图书馆和上海交通大学钱学森研究中心举办了歌颂钱学森诗词征集活动。 此次活动共征集社会各界人士创作的歌颂钱学森的诗词 150 余首。 2016 年 12 月 7 日，诗词评选会议在钱学森图书馆举行。 会议邀请上海市诗词学会副会长、复旦大学中文系教授胡中行，《解放日报》"朝花"副刊部原主任、高级编辑徐甡民，原《上海远洋报》总编高元兴，《上海航天报》原总编游本凤等专家学者，以及钱学森原秘书、中央军委科技委大校顾吉环，钱学森原秘书、中央军委科技委大校李明等，对全部应征作品进行评选。 共评出一等奖 3 名，二等奖 5 名，三等奖 8 名。

2. 胡中行作为评审组组长，受全部应征作品内容感染，当即赋通体回文七绝一首，献予本诗集。

【作者简介】

胡中行，复旦大学中文系教授。 上海诗词学会副会长，上海静安诗词社社长，《诗铎》主编。 著有诗集《盆葵藏头集》等。

余德浩，参见《念奴娇·悼念钱学森先生》作者简介。

【出处】作者为本诗集出版所作。

悼钱学森

华玉和

巨星陨落五洲悲,举世同哀泪送归。

赴美探求赢声誉,归来奉献铸光辉。

胸怀济世鸿鹄志,力尽航天功业巍。

四海扬名千古颂,神州大地矗丰碑。

【作者简介】华玉和,中国教育学会教育学研究会会员,江苏省沭阳师范学校教科室主任。

【出处】《诗词月刊》2010 年第 3 期,第 42 页。

钱学森千古

黄佳祖

申江哽咽讣音传,龙宇倏然恸泪潸。

少小学堂呈睿智,韶年华府领尖端。

阴霾冲破归桑梓,星弹逞威壮国权。

钱老而今乘鹤去,神州秉烛别高贤。

【作者简介】黄佳祖,广西浦北县第二中学原校长,浦北县诗词学会会长。

【出处】《诗词月刊》2010 年第 6 期,第 33 页。

航天精神颂

黄宁辉

一

为奏中华崛起声，银河寂寞付痴情。

筹谋天地雄关越，辜负妻儿大漠行。

袖舞东风抟凤翼，手持北斗点龙睛。

嫦娥一曲犹须度，谁复深宵数漏更。

二

银河欲架鹊桥横，未计家书诉别情。

一箭穿天星斗动，九霄揽月鬼神惊。

复兴赤县青春志，厮守苍穹白首盟。

邂逅嫦娥赊慧眼，江山万里尽分明。

【作者简介】黄宁辉，经济学博士，曾任教于国防科技大学，现供职于湖南省科技厅。 诗作散见于《中华诗词》《当代诗词》《光明日报》等报刊。

【出处】上海交通大学钱学森研究中心纪念钱学森诞辰 105 周年诗词征集活动应征作品。

世界科学一大家

金永波

百载钱公效中华[1]，盛勋煊赫灿云霞[2]。

一星平地冲霄汉[3]，两弹长空放彩花[4]。

神剑航天翱宇宙[5]，嫦娥奔月会蟾蛙[6]。

杰出贡献垂青史，世界科学一大家。

【作者注】

1. 钱学森生于 1911 年，2009 逝世，享年 98 岁，"百载"，此取整数。"钱公"，这里是对世界著名科学家、中国航天事业奠基人钱学森的尊称。

2. "盛勋"：极大的功勋；"煊赫"：声名威望显赫。本句指钱学森为新中国航天事业、国防现代化建设和科学技术发展作出了杰出的贡献，立下了极大功勋，声名威望显赫。

3. "一星"，即人造地球卫星。这里指在钱学森领导和参与研制下，我国的第一颗人造地球卫星，于 1970 年 4 月 24 日发射成功。

4. "两弹"，指原子弹、氢弹。这里指在钱学森领导和参与研制下，我国第一颗原子弹于 1964 年 10 月 16 日爆炸成功；我国第一颗氢弹于 1967 年 6 月 17 日空爆试验成功。由于钱学森回国效力，中国原子弹、氢弹的发射向前推进了至少 20 年。

5. "神剑"，代指神舟。这里指中国载人航天工程中的神舟系列载人航天飞船。

6. "嫦娥"：这里指中国探月工程，又称"嫦娥工程"中的嫦娥系列卫星。《全上古文》辑《灵宪》记载了"嫦娥化蟾"的故事："嫦娥，羿妻也，窃王母不死药服之，奔月。将往，枚占于有黄。有黄占之：曰：'吉，翩翩归妹，独将西行，逢天晦芒，毋惊毋恐，后且大昌。'嫦娥遂托身于月，是为蟾蜍。"嫦娥变成癞蛤蟆后，在月宫中终日被罚捣不死药，过着寂寞清苦的生活，唐代诗人李商隐曾有诗感叹嫦娥："嫦娥应悔偷灵药，碧海青天夜夜心。"

【作者简介】金永波，黑龙江广播电视台高级记者（已退休），首届中国新闻奖获得者。

【出处】上海交通大学钱学森研究中心纪念钱学森诞辰 105 周年诗词征集活动应征作品。

咏钱学森

金永波

挥毫作赋咏钱贤[1]，精彩人生一百年。

冲破阻挠回祖国，呕心沥血创航天。

一星两弹惊世界，饶剑数娥奔月寰[2]。

煊赫盛勋垂史册，精神风范万年传。

【作者注】

1. "钱贤"，指世界著名科学家、中国航天事业奠基人钱学森。

2. "饶剑"，即多剑。 这里特指中国载人航天工程中的神舟系列载人航天飞船。"数娥"，这里指中国探月工程，又称"嫦娥工程"中的嫦娥系列卫星。"寰"，这里指寰宇。

【出处】上海交通大学钱学森研究中心纪念钱学森诞辰 105 周年诗词征集活动应征作品。

逐梦中华绘彩虹

金永波

百五诞辰咏钱公，科学成就耀天宫。

泰山抬首仰君绩，大海扬波歌汝风。

鹏举航天摘月斗，盛勋煊赫不图名。

后昆承继先贤志，逐梦中华绘彩虹。

【出处】上海交通大学钱学森研究中心纪念钱学森诞辰 105 周年诗词征集活动应征作品。

悼钱学森

居云峰

钱老安详辞世去，天悲地悯人哭泣。

京城漫天大雪飞，草木披孝风敬礼。

爱国行义举国敬，奠基航天气贯虹。

中华不惧核武风，昂首阔步向前进。

【作者简介】居云峰，中国科普作家协会副理事长兼秘书长，副研究员。 历任团中央组织部副处长、副秘书长，中央团校副校长，中国青年政治学院（中央团校）党委副书记、常务副校长，中国科技会堂党委书记，中国科协干部学院院长，中国科普研究所所长。 主编《力量——中国科技教育专家纵横谈》《科技记者与科技编辑手册》《中国科普研究》（1—5 期）、《生活中的科普知识 300 问》《前进中的科普研究所》等。

【出处】《科普创作通讯》2009 年第 4 期，第 28 页。

悼人民科学家钱学森

旷文昭

十载星巡两弹飞，惊霄频度旱天雷。

鸿归远志轻家事，孰主尖端铸国威。

雅量高风千古效，轻名淡利几人为。

期颐幕落终无憾，自问心安不皱眉。

【作者简介】旷文昭，湖南衡山人。 中华诗词学会会员，中华当代文人联谊会名誉会长，世界汉诗协会会员，香港诗词学会会员，广东韶关诗社会员，韶关楹联与诗词学会理事。

【出处】来自网络（中华诗词网），网址：http：//bbs.zhsc.net/thread－550788－1－1.html

钱学森同志九十华诞

赖绍祥

创新知识领潮流，泰斗功勋百代讴。

两弹炫光惊厉鬼，一星同步绕寰球。

国防巩固凝心血，科技腾飞赶美欧。

华诞九旬齐祝颂，康宁福寿再丰收。

【作者简介】赖绍祥（？ —2012），历任广东省嘉应师范专科学校（今嘉应学院）副校长、《嘉应师专学报》主编等职。

【出处】赖绍祥著：《萤光诗词集》，海天出版社，2004 年。

钱学森回国

雷正元

报效国家主义真，美方阻止受监禁。

几番交涉得实现，赤子归来献爱心。

【作者简介】雷正元，山西省闻喜县凹底镇关村岭村农民。

【出处】上海交通大学钱学森研究中心纪念钱学森诞辰 105 周年诗词征集活动应征作品。

初战告捷

雷正元

两弹一星研制成，钱公劳苦获殊荣。

呕心沥血高层迈，挑战未来登太空。

【出处】上海交通大学钱学森研究中心纪念钱学森诞辰 105 周年诗词征集活动应征作品。

圆　梦

雷正元

力学定理大无边，能送神舟上昊天。

众志成城兴伟业，钱公梦想可心圆。

【出处】上海交通大学钱学森研究中心纪念钱学森诞辰 105 周年诗词征集活动应征作品。

贺钱学森（二首）[1]

黎照寰[2]

一、贺入党[3]

院里新春望,门前喜报鸣。

卅载虹桥梦,古稀雪岭形。

真生无限好,美景已初成。

英俊朝霞映,遥看跃进程。

二、贺新春[4]

人寰千里近,天下一家亲。

共产大同世,日新又日新。

【编者注】

1. 喜闻进党,即咏五律一首,时逢新岁,又咏五言一首如下,统希哂正。

2. 黎照寰为钱学森在交通大学时期的校长。钱学森读书期间,因成绩优异,黎照寰对其印象深刻。1934年,钱学森毕业前夕,加入斐陶斐荣誉学会。毕业典礼当天,包括钱学森在内的交通大学斐陶斐奖荣誉学会入会者应邀到黎照寰家中赴宴。毕业后,黎照寰一直关心钱学森的成长与发展。1957年,钱学森著作《工程控制论》获得中国科学院科学奖金（1956年度）一等奖时,黎照寰特致函祝贺。1958年,黎照寰因心脏病发在上海华东医院就诊。12月28日,他从《人民日报》得知钱学森入党后,特作诗一首,赠予钱学森并致新春祝贺。

3. 题名为编者所拟。

4. 题名为编者所拟。

【作者简介】黎照寰（1888—1968）,新中国成立后历任之江大学校长、教授,上海市第一至四届政协副主席。第三、第四届全国政协委员。

【出处】上海交通大学钱学森图书馆馆藏。

悼念宇航科学家钱学森

李安桂

喜闻祖国日东升,留恋家山情系情。

几度难关离美国,一腔热血恰东风。

创新科技航天舰,苦育英才亮世灯。

史册辉煌藏伟绩,神舟载尔入仙庭。

【作者简介】李安桂,湖南安化人,曾参加抗美援朝,退伍后担任教师。

【出处】李安桂著:《桂魄心声》,中华诗词出版社,2011 年。

悼念恩师钱学森先生

李德华

先生伟业惊世纪,崇高精神鬼神泣。

无穷智慧誉环宇,亿万后继创奇迹。

【作者简介】李德华,华中科技大学教授、博士生导师,与钱学森在学术上常相过从。

【出处】作者为本诗集出版所作。

在远望楼拜会钱学森

李德华

盛夏拜师远望楼,谆谆教导二十秋。

先生开天创新学,誓承伟业吾辈流。

【出处】作者为本诗集出版所作。

贺综合集成研讨厅香山会议召开

李德华

金秋碧空枫叶红,香山黄菊隐苍松。

群鹰翱翔掠峻峰,钱老宏论众人颂。

【出处】作者为本诗集出版所作。

纪念人民科学家钱学森同志百年诞辰

李铎

几经磨难苦,绕道入华庭。

满腹经纶气,摧开天地春。

科技拓荒奠,两弹一星陈。

报国怀忠志,沉疴犹惜阴。

天公拂天泪,鸿祭慰鸿灵。

钱老英伟愿,殷殷励后昆。

【编者注】2011 年 12 月 8 日下午,《仰望星空——人民科学家钱学森图片展》在军事博物馆即将开幕之际, 著名书法家李铎赋诗一首《纪念人民科学家钱学森同志诞辰百周年》。 该诗篆刻在青海昆仑玉正面, 长 52 厘米, 高 40 厘米, 厚 6.8 厘米, 重 41 千克。 精雕细琢, 相得益彰。 钱学森之子钱永刚教授、军事博物馆馆长陈士富少将、中国航天科技文化交流协会副理事长李平中等出席捐赠仪式。 钱永刚接受了李铎捐赠的书法作品, 中国航天科技文化交流协会接受了青海省委宣传部捐赠的昆仑玉。

【作者简介】李铎, 中国人民革命军事博物馆研究员, 著名书法家、军人。 第九届全国政协委员, 第六届全国文联委员。 历任第三届中国书法家协会副主席、第四届中国书协顾问等职。

【出处】《神剑》2011 年第 6 期, 第 151 页。 另见:《神剑》2012 年第 1 期"纪念钱学森诞辰 100 周年美术书法作品选"。

读《图书馆与钱学森》有感

李广德

行行肺腑言,字字显纯真。

一窗明中外,万卷通古今。

峰高近天都,树木连本根。

"没有图书馆,没有钱学森"

【作者注】

1. 1996 年 4 月 8 日,在西安交通大学"钱学森图书馆"命名典礼上,钱老书面发言,题名为《图书馆与钱学森》。

2. 钱老在书面发言中写道:"可以毫不夸张地说,从一定意义上讲,没有图书馆和资料馆,就没有今天的钱学森。"

【作者简介】李广德,研究馆员。 历任解放军第四军医大学图书馆馆长、西北军校图书情报学会理事长、陕西省图书馆学会副理事长等职。

【出处】《当代图书馆》1996 年第 2 期,第 51 页。

题钱学森先生

李航

学富五车甘奉献,森严壁垒德才馨。

航天揽月心犹鶱,归国扬帆志不停。

贵在创新堪出色,勇于求实获垂青。

功贻后世缘双弹,科技银河陨一星。

【作者简介】李航,香港居民,自由工作者。

【出处】上海交通大学钱学森研究中心纪念钱学森诞辰 105 周年诗词征集活动应征作品。

悼航天之父钱学森

李焕银

航天之父誉神州,学界先驱孺子牛。

两弹扬威光日月,一星张翼耀环球。

谆谆开导凝奇策,苦苦功求化状猷。

风范长存鸿志展,情操高尚世人讴。

【作者简介】李焕银,江苏省海安县老干部诗书画研究会理事,海安县"毛诗"研究会及县文联协会会员。

【出处】江苏省东海诗词楹联协会编:《东海诗词》2009 年会刊。

敬赠人民科学家钱学森

李敏

世界驰名科学家,辉煌贡献耀中华。

蘑菇云涌狂魔惧,火箭星飞善友夸。

巩固国防添实力,创新科技绽奇葩。

松龄九十苍龙态,新纪赓攀百丈崖。

【作者简介】李敏(1918—2014),历任南宁市人民政府秘书、南宁市手表厂干部。南宁市葵花诗社、广西诗词学会、北京新诗歌社会员。 诗作散见于《八桂诗词》《葵花》《广西老年报》等报刊。

【出处】广西诗词学会编:《八桂诗词》2002年第2期,第79页。

钱老三不朽

李明

两弹一星功震天,大成智慧言深远。

事理看破德行显,心系人民真圣贤。

【作者简介】李明,钱学森原秘书,中央军委科学技术委员会大校。

【出处】作者为本诗集出版所作。

敬献钱老学森同志灵前

李明实

噩耗传来心欲碎,仙鹤接去奠基人。

航天事业蒸蒸上,敬请安息笑吟吟。

【作者简介】李明实,历任原第三机械工业部(航空工业部前身,现已撤销)副部长、原第七机械工业部(航天工业部前身,现已撤销)副部长,航天工业部副部长。中国书法家协会会员,中华诗词学会会员,中国老年书画研究会顾问。

【出处】2009 年 11 月 1 日《齐鲁晚报》。

中国航天奠基人赞

——为钱学森同志归国 50 周年纪念而作

李明实

西子湖畔一英俊，负笈渡洋求学识。

异域才华被重用，报效祖国志不移。

天安门上红旗飘，归心似箭徒唏嘘。

祖国双臂迎儿回，冲破重围奔家归。

接风洗尘亲情重，决心才智献母亲。

响应科学进军令，疾书国防意见策。

受命第五研究院，执掌研制星和弹。

带领航天新建队，边教边学边实践。

元戎挂帅将出马，东风劲吹大漠边。

自此事业奠基础，东方红曲响彻天。

运载火箭威力大，人乘飞船把梦圆。

赤子呕心结硕果，回国报效心内安。

奖章荣誉频加身，归功党和集体干。

科学成就彪青史，系统工程鳌头占。

青梅竹马蒋英伴，科学艺术结良缘。

早已进入耄耋岁，依然竭诚作贡献。

【出处】李明实著：《龙腾： 明实诗书选集——庆祝中国航天事业创建五十周年》，中国宇航出版社，2006 年。

致钱老

李儒美

丹青宣泄写春秋，点染皴涂壮志酬。

老骥相濡同去病，新诗唱和更无愁。

凤箫吟[1]颂群花艳，闪电集合一簇幽[2]。

相勉白头心致远，虹霞晚照系槎舟。

【作者注】

1. "凤箫吟"是咸阳电力诗词学会的网页名称。

2. 《闪电集》是陕西电力诗词学会2004年出版的一本诗集。

【出处】欧阳鹤主编：《电力诗词——庆祝中国电力诗词学会成立十周年专辑》，中国文史出版社，2005年。

悼钱学森先生

李天

漂洋过海浪重重[1]，热血倾国志所衷。

物理工程挑院士[2]，科学发展写人生。

一星两弹彪千古[3]，四世三军倚干城[4]。

此去凌烟虚泰斗，空劳日月泣钱翁。

【作者注】

1. "浪重重"，指钱学森曾冲破重重阻力从美国回到中国，投入到新中国建设中。

2. "物理工程挑院士"，指钱学森开创了工程控制论、物理力学两门新兴学科，同时钱老还是双肩挑的两院院士。

3. "一星两弹"，指 1999 年 9 月钱学森被党中央、国务院、中央军委授予"两弹一星功勋奖章"。

4. "四世三军"： 四世，指钱老一生经历毛泽东、邓小平、江泽民、胡锦涛等历代领导人的领导；三军，指陆海空三军。

【作者简介】李天，石家庄市畜牧水产局职工，河北省民俗文化协会会员，河北省散文学会会员，石家庄市作家协会会员，石家庄市诗词协会会员。

【出处】李天著：《山岚海韵》，群言出版社，2010 年。

参观二十基地戈壁农场（二首）

李旭阁

一

谁说戈壁太荒凉，且看今日换新装。

无穷麦浪连天碧，恰似江南好风光。

二

连日繁忙公务急，农场漫游分劳逸。

身闲犹记心头事，共祝东风展红旗。

【作者注】1964 年 6 月 20 日，由钱学森主持，我国自行研制的东风 2 号中程地对地导弹（射程 1 200 公里）首次飞行试验。 由于需要排除故障，决定推迟发射。 在农场主持工作的张爱萍（时任副总参谋长兼国防科工委副主任、中央专委委员）为了缓和紧张气氛，劳逸结合，于 6 月 21 日陪同钱学森及航天一院的技术人员，到二十基地农场游览。 基地在唯一的一块绿洲上搭了帐篷，张爱萍、钱学森同大家一起唱歌。 张爱萍讲长征故事，游览农场，尽兴而归。

【作者简介】李旭阁（1927—2012），中将。 历任解放军总参谋部作战部副处长、师长，总参谋部作战部副部长，第二炮兵司令员等职。 中共第十三届中央委员。

【出处】李旭阁著：《戈壁惊雷——李旭阁军旅诗词集》，解放军文艺出版社，2005 年。

颂钱学森

李跃贤

大鹏展翼智无穷,折桂寻香攀巨峰。

火箭航天追远梦,钱公揽月铸丰功。

魂牵北斗云为志,才盖神州气化龙。

业绩辉煌名世界,一星两弹笑苍穹。

【作者简介】李跃贤,黑龙江省绥棱县电业局校验员,中华诗词学会会员,黑龙江双鸭山诗词学会理事,长白山诗词学会理事。

【出处】上海交通大学钱学森研究中心纪念钱学森诞辰 105 周年诗词征集活动应征作品。

纪念我国著名火箭泰斗钱学森逝世七周年

李增荣

五四三二一,"东风"族群齐。

靶标无死角,威慑列强夷。

【编者注】"东风",指我国研制的东风系列导弹。

【作者简介】李增荣,先后任职于国防部第十研究院第十九所、中央军委总政治部国防科学工作部(国防科委政治部前身)、中国物资信息中心(专职副书记),高级工程师。

【出处】来自网络(哈军工北京校友会网站),网址: http://www.hjgbj.com/show.asp? id=2706

中华科学大师钱学森（三首）

李桢

一

少小聪明学笃勤，升堂入室志凌云。

先贤启后吟经典，青胜于蓝费苦辛。

斗室钻研辞陋俗，一心攻读跃龙门。

寒窗十载孤身寐，庸誉省亲始合卺。

二

重洋远隔梦思亲，赤子满怀报国心。

冲破危难归故里，殚精科苑奏佳音。

飞丸穿雾冲天阙，火箭腾霄惊鬼神。

继展蓝图兴国运，挥鞭跃马喜迎春。

三

坚持马列引航向，一片丹心为庶民。

耕作科坛情切切，栽培桃李日欣欣。

运筹远略开新宇，控制工程展锦文。

一代英才洵难得，德高望重耀乾坤。

古韵新风

061

【作者注】喜闻中共中央、国务院、中央军委颁布命令，授予钱学森"国家杰出贡献科学家"荣誉称号和一级英雄模范奖章，特吟以志。

【作者简介】李桢（1914—2007），原名李桢成，中华诗词学会会员，解放军红叶诗社原副社长。 1936年参加革命，曾任某部工院副政委，荣获中直、边区"劳动英雄"称号。 著有《红尘拾遗》《征尘拾遗集》《中华科技之星赞》《著名将军杰出战士颂歌》《中华巾帼英杰赞歌》《中华企业家群星谱》等诗集10部。

【出处】李桢著：《中华科技之星赞》，军事科学出版社，1993年。

赞航天之父（三首）

李仲平

一

初征美国显身手，三十六岁升教授。

功成名就不忘根，暗下决心往回走。

二

周总理获准信息，千方百计布转兵。

清除路障保安宁，喜迎专家钱学森。

三

一声巨响世界惊，天空聚起蘑菇云。

外国有的我们有，尖端武器固长城。

【作者简介】李仲平，河南正阳人。

【出处】上海交通大学钱学森研究中心纪念钱学森诞辰 105 周年诗词征集活动应征作品。

钱学森

梁致祥

弹绕太空云,星寻月亮神。

英才惊外域,大爱振华魂。

盗火缘心热,捐金见性真。

一言询教育,谁可答元勋?

【作者简介】梁致祥,广东省作家协会会员,广东中华诗词学会会员。 长篇历史小说《玉楼》获广州市白云区文化宣传大赛精品奖。

【出处】上海交通大学钱学森研究中心纪念钱学森诞辰 105 周年诗词征集活动应征作品。

悼钱学森（二首）

廖奇才

一

顶风逆浪踏归程，叱咤科园度一生。

报国丹忱昭日月，争先气概动雷霆。

无私奉献情犹炽，不懈追求利最轻。

两弹一星开创者，丰碑万载矗长城。

二

名扬四海足英豪，德自芳馨品自高。

探索何曾分昼夜，银钱不乱取厘毫。

常从艺术求灵感，敢上天宫诵楚骚。

科界元勋嗟化鹤，精神不朽励吾曹。

【作者简介】廖奇才，中国国学研究会研究员，湖南省诗词协会副会长。 中国作家协会会员，湖南省作家协会会员，中华诗词学会会员。

【出处】《诗词月刊》2010 年第 3 期，第 42—43 页。

颂钱学森

令狐安

功劳殊伟天下传，雄励无前岂偶然。

立志报国慷而慨，无私奉献苦亦甘。

艰难不畏腰板挺，险阻敢排信仰坚。

富贵荣华如粪土，姓钱但却不爱钱。

【作者简介】令狐安，全国人大常委会委员，全国人大华侨委员会副主任委员，中国延安精神研究会常务副会长。 著有诗集《情系彩云南》。

【出处】《中华魂》2010 年第 5 期，第 63 页。

科学巨擘赞

——纪念钱公学森华诞一百周年

刘春海

公本钱王之后裔,故宅犹存方谷园[1]。

赴美深造拜名师,德业双优不忘根。

报国之心铁石坚,乌云压顶无惧色。

八方声援正义伸,冲破网罗归故国。

千军易得将难求,况乃瀛寰第一流。

领袖垂青邀上座,将帅洽情共筹谋。

我们也要搞尖端,不比洋人少只手。

博学深思多自信,无人能出公之右。

荣膺重任建五院[2],壮志冲天气如牛。

玉渊潭畔灯常明,运筹帷幄献宏猷。

十年浩劫百业凋,专家重点受保护。

须知总理用意深,钱公得展凌云步。

科学技术重创新,伯乐慧眼识英才。

一人难成大事业,任孙宋王[3]接踵来。

"我姓钱但不爱钱",一生每多惊人句。

荣誉面前每低调,反成获奖专业户[4]。

公之贡献有多般,岂止才值五个师[5]。

两弹提前二十年,载人航天树丰碑。

喜逢华诞公当喜,后继健儿争奋起。

航天事业更辉煌,远非昔日之可比。

科技楷模国之骄，音容笑貌在胸臆。

四十年前蒙教诲[6]，思公忆公无时已。

【作者注】

1. 钱王家训"爱子莫如教子，教子读书是第一义"。 杭州方谷园钱学森故居已对游人开放，成为爱国主义教育基地。

2. 此处指老五院，即国防部第五研究院。

3. 任新民为钱公点名到五院筹建航天事业的开拓者之一；孙家栋、宋健、王永志皆是钱公高足。

4. 钱学森同志曾获"W.F.小罗克韦尔奖""国家杰出贡献科学家""何梁何利基金优秀奖""两弹一星功勋奖章"等十余项国际国内大奖。

5. "无论在哪里他都值五个师"，为美国海军次长丹·金贝儿语。

6. 四十年前，钱公到七机部工业设备安装公司蹲点，时间约半年。 钱公时任七机部副部长，我当时作为单位派出的联络员与钱公接触较多，曾受到钱公谆谆教诲。

【作者简介】刘春海，中国航天科技集团公司退休干部，高级会计师。 中华诗词学会澄霞诗词社原执行社长，《澄霞诗苑》原总编。 中华诗词学会、中国楹联学会、中国硬笔书协会员。 编著有《澄霞诗友作品选粹》《航天岁月》（合编）等。

【出处】作者为本诗集出版赐稿。

民族脊梁钱学森

刘东

美贼图圄万般辱，归故报效华夏心。

驱鬼原子导弹爆，卫国神器太空行。

东西列强若来犯，吾辈英雄即扫平。

功高伟业名宇宙，民族脊梁照汗青。

【作者简介】刘东，《世界汉语文学》主编。 四川省作家协会会员，四川省盐亭县作家协会副主席。

【出处】上海交通大学钱学森研究中心纪念钱学森诞辰 105 周年诗词征集活动应征作品。

钱公赞

刘进平

姓氏为钱不爱钱，献身科学志弥坚。

神州欣见飞龙起，载取丹心问碧天。

【作者简介】刘进平，湖南省洪江汽标厂职工，洪江市洪江区诗词楹联协会会员。

【出处】上海交通大学钱学森研究中心纪念钱学森诞辰 105 周年诗词征集活动应征作品。

怀念钱公

刘进平

两弹一星佳誉隆，腾蛟起凤啸天风。

而今驾鹤归何处？清泪潺湲问碧翁。

【作者注】"碧翁"，指天。

【出处】上海交通大学钱学森研究中心纪念钱学森诞辰 105 周年诗词征集活动应征作品。

两弹一星元勋钱学森（三首）

刘清芳

一

弹星元勋钱学森，一代科技好领军。

功绩卓著犹自谦，钜献祖国举世尊。

二

上海交大出才俊，赴美求学师卡门。

空气动力学登巅，火箭导弹诣在身。

三

冲阻破拦返家园，领率五院攻隘关。

国防航空献良策，"两弹结合"虎翼添。

【作者简介】刘清芳，历任河北省经济体制改革委员会副主任、河北省人民政府经济体制改革办公室主任等职。 著有诗集《彪炳千秋》。

【出处】刘清芳编著：《国之栋梁》，河北大学出版社，2012 年。

航天之父颂

刘未零

六秩[1]倾樽酹甚君？航天事业奠基人。

五年十载[2]真情笃，两弹一星举世闻。

民族楷模彰本质，科研旗帜展精神。

汝视殊勋为己任，爱国花繁处处春。

【作者注】

1. "六秩"，指中国航天事业创建 60 周年。

2. "五年十载"，指导弹之父钱学森的"五年归国路，十年两弹成"。

【作者简介】刘未零，湖南省桃江县新兴管件公司退休职工。桃江县书法家协会、桃花江诗社、桃江天问诗社、桃江县楹联学会会员。

【出处】上海交通大学钱学森研究中心纪念钱学森诞辰 105 周年诗词征集活动应征作品。

钱学森

刘贤

立志报国涉远洋，千难万险返家邦。

不求利禄及名望，两弹一星自闪光。

【作者简介】刘贤，高级经济师。历任河北省药材公司党委书记、河北省医药公司经理等职。

【出处】《诗词月刊》2010 年第 4 期，第 58 页。

悼念钱学森

刘晏

西方游学子,归来敌百师。

一星兼两弹,建国谱天书。

青衫封将印,科技等大儒。

天功开物者,不与圣贤殊。

【作者简介】刘晏,又名"(观云)刘晏",广州墨如金诗书画院理事。

【出处】来自网络,网址: http://bbs.tianya.cn/post-no02-189829-1.shtml

人民科学家

刘雨发

精通科学贯中西,光灿人生谁不知。

报效国家真赤子,高风亮节后人师。

【作者简介】刘雨发,解放军装甲兵工程学院装甲车辆教研室教授。

【出处】解放军原总装备部美术书法研究院编:《高山仰止　风范长存——纪念钱学森诞辰100周年美术书法作品集》,广西美术出版社,2011年。

悼念航天之父钱学森

刘远俊

蒿里哀歌动地吟，京都雪雨洒纷纷。

离乡别境图强国，科院扬帆奋领军。

竭虑殚精筹策尽，滋兰树蕙育人新。

祈公仙去心能息，大振航天有后昆。

壮岁远征多苦辛，航天成就献终身。

异乡勤奋标勋业，乱世从容甘卧薪。

志向弹星追世近，功垂宇宙彩云深。

德高望重钱翁逝，国史千秋颂学森。

【作者简介】刘远俊，中华诗词学会会员，广东岭南诗社社员，东坡赤壁诗社社员，韶关市老干部诗词研究会名誉会长，主编有诗集《九龄咏》等。

【出处】《中华诗词》2010年第2期，第4页。

颂钱学森

卢旭逢

梦系东方寄海鸥，五年朝暮总凝眸。

归心搭载穿云箭，学海飞扬破浪舟。

两弹一星惊世界，一心两手著风流。

长空浩瀚神龙起，揽月航天壮志酬。

【作者简介】卢旭逢，教师。中国楹联学会会员，中华对联文化研究院研究员，广东岭南诗社社员，广东楹联学会会员。

【出处】上海交通大学钱学森研究中心纪念钱学森诞辰 105 周年诗词征集活动应征作品。

飞 天

——赠学森

罗沛霖

昔于一九五六年夏，聂帅在三座门聆听汇报，劲夫、学森、三强、罗庚、守武及余与焉，为火箭与科技规划诸紧急措施事也。以后余参与星、弹事不多，惟夙事电子、信息科技，亦于斯多有关联。今神舟五号圆满实现，国之大喜，因书俚诗，以奉学森作贺。

千年古国梦飞天，十载攻关今喜圆。

筚路蓝缕君矻矻，功成业就自谦谦。

神龙腾起太空去，广漠迎来壮士还。

回忆从前聂帅嘱，白头相庆共欣然。

【编者注】

1. 罗沛霖为钱学森在交通大学时期的同学，低钱学森一级，但由于都爱好音乐，所以读书时期关系亲密。

2. 2003 年 10 月 15 日神舟五号载人飞船成功发射后，罗沛霖专门向钱学森寄来贺卡，共同分享这一喜庆时刻，并盛赞钱学森为我国航天事业作出的先驱性贡献。钱学森收到贺卡后，当即在贺卡上留言回复罗沛霖，请秘书涂元季转告："涂元季同志：谢告罗沛霖同志！我谢谢了，很不敢当！"

【作者简介】罗沛霖（1913—2011），电子学家，中国科学院院士，中国工程院院士。

【出处】上海交通大学钱学森图书馆馆藏。

航天之父钱学森

罗书礼

多灾华夏总怀萦,辗转欲归遭阻行。

思念故园贫积弱,情牵禹土报真诚。

经纶满腹兴中国,冲破艰难终返程。

两弹一星尊父辈,精心筑起伟干城。

【作者简介】罗书礼,广东大埔人,曾任《大埔文史》编委,著有诗集《野草集》《野草集续集》等。

【出处】岭南书社大埔分社编:《野草集续集》,2012 年。

听著名科学家钱学森报告感赋

骆雁秋

大宇纵横耳目新,雄谈渊博妙传神。

中华奋起当时际,超赶全凭科教文。

【作者简介】骆雁秋,广东省清远市委原书记、清远市人大常委会原主任。

【出处】骆雁秋著:《雁秋诗选》,花城出版社,1998 年。

向钱老致敬

吕广庶

德效中华智似神，五师威猛替单人。

讲学筹划尖端业，亲赴京工指窍门。

【作者简介】吕广庶，北京理工大学二级教授、博士生导师。 中国体视学学会常务理事，北京机械工程学会材料分会理事长，中国兵工热处理委员会副主任。 中华诗词学会会员，北京诗词学会理事，北京理工大学春韵诗社社长。 北京市楹联学会常务理事，北京海淀区楹联学会副会长。 著有诗词集《随想长短句》。

【出处】2011 年 5 月 30 日《北京理工大学校报》。

怀念钱学森

马干国

身处异疆心在汉，重围难阻返家乡。

眼明深邃谋阔肆，怀抱苍穹思盛强。

火箭之王功北斗，航天之父誉千章。

斓星陨落惊寰宇，划破长空留彩光。

【作者简介】马干国，生于湖南，现居四川成都，著有《随心集》《随意集》《马干国书法集》等。

【出处】马干国著：《随心集》，中央文献出版社，2011 年。

赞航天之父钱学森院士

马联荣

学成离美遭艰险,报国心怀斗志坚。

火箭升空功炳著,航天之父不虚传。

【作者简介】马联荣,杭州丹霞诗社副社长。

【出处】普天东方通信集团有限公司老科技工作者协会编:《丹霞诗词选》(第三辑),2002 年。

永远的丰碑

——纪念钱学森诞辰 105 周年

马淑敏

斯人已去丰碑在,两弹一星千古崇。

赤子精忠担社稷,丹心矢志弃功名。

披荆五载归国路,沥血终生铸剑程。

箭送神舟翔浩宇,天宫银汉慰英灵。

【作者简介】马淑敏,河北省出入境检验检疫局高级工程师。

【出处】上海交通大学钱学森研究中心纪念钱学森诞辰 105 周年诗词征集活动应征作品。

咏钱学森

毛得江

归途五载欲何求,重任担肩为国谋。

导弹横空长剑舞,卫星绕月壮怀酬。

绽开青史圆宏梦,腾起红旗展秀旒。

永守忠贞成大器,崇高事业震寰球。

【作者简介】毛得江,甘肃省华池县柔远小学副校长。 中国楹联学会会员,甘肃省楹联学会名誉理事,甘肃省庆阳诗词学会理事,华池县楹联协会主席,华池县作家协会理事。 著有《南梁撷韵》《红色故事——南梁说唱》等。

【出处】上海交通大学钱学森研究中心纪念钱学森诞辰 105 周年诗词征集活动应征作品。

痛悼钱学森老先生

孟凯韬

航天之父火箭之王，国防科技先驱主将。

思想大家科学巨匠，三门学科世界首创。

鞠躬尽瘁功勋昭彰，享誉四海千古流芳。

高瞻远瞩战略思想，倡导新学竭尽夕阳。

光明磊落胸怀坦荡，高山仰止万众敬仰。

惜才爱才为国着想，百年不遇光辉榜样！

哲人其萎国失栋梁，风云突变日月失光。

万众悲伤天亦悲伤，尚未立冬大雪飞扬。

九千吊唁万余送葬，大德所感人心所向。

惊悉噩耗痛断肝肠，回顾往昔珠泪盈眶。

两次接见指引方向，点石成金悟性见长。

二十四载多有交往，书信送来精神力量。

鼎力推荐提携培养，知遇之恩没齿不忘。

七年一剑未负厚望，三门学科业已草创。

新著两卷正欲呈上，怎料钱老驾鹤仙乡！

感恩仗义冯老相帮，上书中央力挫左狂。

真理昭然闹剧收场，人体科学是非明朗。

精神不朽灵魂不亡，科学思想永放光芒！

【作者简介】孟凯韬，西北大学哲理数学研究所所长，教授，与钱学森在学术上常相过从。

【出处】作者为本诗集出版所作。

怀念航天之父钱学森

孟秀英

钱老本是理工王,博学多才万古芳。

少年壮志漂洋过,学富五车还故乡。

美国嫉妒多迫害,奈何爱国路途广。

历尽千辛终如愿,满腹光学报国疆。

科学院里展才华,奋发图强伴星光。

六大措施齐展示,导弹卫星太空翔。

航天之父名永在,永垂不朽百世扬。

【作者简介】孟秀英,山东济南人。 中国楹联总会会员,中华诗词学会会员。 作品散见于《中华诗赋》《诗画天地》《中华文艺》《中国诗赋》等报刊。

【出处】作者为本诗集出版所作。

颂中国航天奠基人钱学森

莫其孝

志存高远耸巍峨,学贯中西举世歌。

报国雄心昭日月,惊天伟业壮山河。

扬鞭跃马争朝夕,镂月裁云织锦罗。

两弹一星传捷报,永张正义止干戈。

【作者简介】莫其孝,湖南省桃江县石牛江镇上七里村农民。

【出处】上海交通大学钱学森研究中心纪念钱学森诞辰 105 周年诗词征集活动应征作品。

师　恩

潘杰

十四年前已指津，敢期展学作先行。

亦知筚路应蓝缕，物换星移不计程。

【作者简介】潘杰，研究馆员，曾任浙江昆剧团编剧、浙江展览馆编辑。 著有《展览艺术——展览学导论》《中国展览史》等。 与钱学森在学术上常相过从。

【出处】作者为本诗集出版所作。

致钱老

潘杰

曾闻北斗指迷津，而今常照学界行。

展山无路望开辟，蹊径横斜可攀登。

【出处】上海交通大学钱学森图书馆馆藏。

钱学森先生诞辰 105 周年喜赋

彭木芬

卧薪尝胆志尤坚,借力东风奋着鞭。

探月问天开伟业,躬身报国续鸿篇。

神奇两弹豪情寄,绚丽一星飞梦圆。

博学丰功惊世界,浩然正气驻人间。

【作者注】坚、鞭、篇、圆为下平一先韵,间为上平十五删韵。 此为孤雁入群格。

【作者简介】彭木芬,中国楹联学会对联文化研究院研究员,江西省宜春市诗词楹联学会常务理事,宜春市袁州区诗词楹联学会会长,《宜春联苑》主编。 著有诗联集《梓岭樵歌》。

【出处】上海交通大学钱学森研究中心纪念钱学森诞辰 105 周年诗词征集活动应征作品。

钱学森颂

蒲培芳

灼曜科坛此巨星,名弛广宇学如森。

旗擎马列无多顾,义奋炎黄秉至诚。

导弹飞洋凭鼎力,卫星巡汉赖经纶。

今朝狮吼环球瞩,共仰先生不二勋。

【作者简介】蒲培芳,贵州省遵义市第四中学退休教师。

【出处】蒲培芳著:《困学诗词》,作家出版社,2005 年。

中秋呈学森爷爷

钱文景

云似缕裳花似容，葡萄美酒香亦浓。

望月思起千里遥，北国京都有仙翁。

今宵留得一轮月，风送人间笑语好。

皎洁华秋束枝桂，南天北地神州骄。

【编者注】

1. 1996 年，作者将学习过程中遇到的困惑写信求教于钱学森。随后，钱学森复函指导其学习《邓小平文选》第 3 卷以及其他经典著作，并希望他树立正确的人生观、世界观。钱文景遂复函致谢，时值中秋佳节即将来临（9 月 26 日），特赋此诗随信寄出。

2. 编者略有改动。

【作者简介】钱文景，江苏省南通市通州区人，时为在校中学生。

【出处】上海交通大学钱学森图书馆馆藏。

贺钱老九十寿辰

钱学敏

华夏英杰献赤心,神火冲霄壮国魂。

九秩已建千秋业,百岁喜看后来人。

【作者简介】钱学敏,中国人民大学教授,西安交通大学兼职教授,与钱学森在学术上常相过从。著有《钱学森科学思想研究》等,参与《马克思主义哲学史》(八卷本)、《马克思主义哲学史词典》《马克思主义百科要览》《不朽的青春——青年恩格斯》《开放的复杂巨系统》等著作的撰写,参与《马克思主义哲学史》(德文版)、《通往〈资本论〉之路》(德文版)、《围绕马克思〈资本论〉进行的思想斗争史》(俄文版)等著作的翻译。

【出处】上海交通大学钱学森图书馆馆藏。

贺钱老九十三华诞

钱学敏

神舟梦圆九重天,星箭熠熠彩云间。

风骨高洁航天父,科学精神光万年。

【编者注】此为钱学敏 2004 年 12 月 11 日写给钱学森的生日贺卡内容。

【出处】上海交通大学钱学森图书馆馆藏。

赞钱老九十五华诞

钱学敏

箭穿飞云壮中华，伟业丰功盖世夸。

苍穹响彻航天曲，月球明日是吾家。

【编者注】此为钱学敏 2006 年 12 月 11 日写给钱学森的生日贺卡内容。

【出处】上海交通大学钱学森图书馆馆藏。

过钱学森寓所有感

钱学昭

每去玉渊路,经过一楼群。

南窗植古枣,东窗遮高椿。

内有一老叟,英名天下闻。

人称航天父[1],火箭冲霄去。

哲思集大成[2],智慧自精深。

名利极淡泊[3],性灵显高真。

卧床不常起,仍有百炼身[4]。

暇时偶吟唱,高歌颂良辰[5]。

问君何能寿,拥有平常心。

今月正九十,贺者皆嘉宾。

天宇现新星,命名钱学森[6]。

衣钵有所继,学生百十人。

梳理妙宏想,为之传慧根。

【作者注】

1. "航天父": 钱学森因在火箭导弹和航天器的研制方面所作的卓越成就和突出贡献,被誉为中国"航天之父"。

2. "哲思集大成": 钱学森在 20 世纪 80 年代后期提出,要建立以马克思主义哲学为最高概括的科学技术体系,因其集各学科之大成,故称之为大成智慧学。 钱学森在1994 年 2 月 17 日致钱学敏的信中说道:"终于在 80 年代中叶认识到: 要建立以马克思主义哲学为最高概括的科学技术体系。""因此马克思主义哲学居于科学技术以及知识体系之首,才是触类旁通的钥匙。 创造力来源于马克思主义哲学,而用这个观点看科

学技术以及知识体系，就是大成智慧学。"钱学敏即笔者四妹，中国人民大学哲学研究所教授。1988 年以后参加了钱学森直接领导的科研工作小组，参与钱学森关于系统理论、大成智慧学、科学与艺术等的研讨与总结。在此后的十多年时间里，她与钱学森的书信往来有几百封。

3. "名利极淡泊"：2001 年 9 月 25 日《光明日报》刊登新华社记者采写的报道《人民科学家钱学森》。其中写道："单位要为他（钱学森）建房他坚决不同意，因为'我不能脱离广大科技人员'。报刊上颂扬他的文章被他招呼'到此为止'；100 万港元的巨额奖金支票，他看都未看，全部捐给了西部的治沙事业。晚年的钱学森以一个马克思主义者的虚怀若谷，淡然面对荣誉、地位、金钱。"

4. "卧床不常起，仍有百炼身"：钱学森曾顶风冒雪常年奔波在西北大漠中，为研制"两弹一星"呕心沥血，又营养不足，骨质逐渐疏松。到 1997 年他 86 岁时，便因严重腰腿痛而必须长期卧床，并在腰部加上不锈钢支架。参见：钱学敏《〈钱学森科学思想研究〉再版感言》（节选）。

5. "暇时偶吟唱，高歌颂良辰"：钱学森对中国古典文学特别是古典诗词十分热爱，并有较高修养。他能背诵不少名篇诗作，常在谈话和书信中引用古典诗词的佳句。钱学森从小热爱西洋古典音乐，他的夫人蒋英年轻时在欧洲学习意大利歌剧，是享誉世界的女高音歌唱家，随丈夫回国后一直在中央音乐学院声乐系工作。每当蒋英或她的学生举行演唱会，钱学森都要尽量抽空去听，实在不能去也要录下音来在家里听。吟诗、唱歌、听音乐，是钱学森多年以来的业余爱好。

6. "天宇现新星，命名钱学森"：为了颂扬钱学森对科学技术事业所作出的杰出贡献，在他 90 寿辰之际，经国际小行星协会批准，将中国科学院紫金山天文台发现的编号为 3763 的小行星命名为"钱学森星"。命名大会于 2001 年 12 月 21 日在人民大会堂举行。

【作者简介】钱学昭（1927—2005），中国人民大学钱学敏教授的胞姐。少年时代师从著名诗画家溥心畬。1954 年毕业于清华大学建筑系，后在有色冶金设计院从事设计工作。离休后酷爱大自然和古典文学艺术，作诗数百首，著有《山水春秋——翳杨楼诗稿》。

【出处】钱学昭著，钱学烈辑释：《山水春秋——翳杨楼诗稿》，中国文联出版社，2013 年。

人民科学家钱学森

钱云飞

君临异国廿余春,桑梓归来主义真。

名位高升仍谨慎,功勋卓著更殷勤。

应酬外事多辞谢,思虑科研少避身。

巨奖接来亲奉献,治沙大计系情深。

【作者简介】钱云飞,中华诗词学会会员,中国老年书画研究会会员,河南省作家协会会员,河南省老年诗词研究会、信阳市老年诗词研究会会员。 河南省诗词学会理事,河南省钱镠研究会副会长。 著有诗文集《茗阳阁吟》《茗阳阁号》《豫风楚韵》等。

【出处】《中华诗词》2004 年第 12 期,第 36 页。

怀念钱学森

钱战奕

游子常思祖,毅然回国行。

攻关筋骨瘦,两弹一星成。

明理重于教,推陈又出新。

乘风仙鹤去,天宇落明星。

【作者简介】钱战奕,安徽省书法家协会会员。 诗作散见于《中华诗词》《诗词月刊》等。

【出处】《诗词月刊》2010 年第 4 期,第 21 页。

缅念钱学森尊长

钱佐扬

一

举目觅霄丛,物竞袖西风。

后黾谈祖业,南北目礼中。

二

敦家弥大秀,伟器桓十秋。

星移斗难转,敢问日月羞。

【作者简介】钱佐扬,上海市作家协会会员,诗人,编剧。

【出处】作者为本诗集出版所作。

咏钱学森

秦步云

漫漫征途道路长,航天史上著华章。

一心不改风云志,两弹长辉日月光。

汗洒北疆彰毅骨,血凝赤县鉴忠肠。

披肝沥胆欣圆梦,青史名垂美誉扬。

【作者简介】秦步云,在校大学生。 曾获中宣部"百诗百联颂党恩"大赛诗词三等奖、楹联三等奖。

【出处】上海交通大学钱学森研究中心纪念钱学森诞辰 105 周年诗词征集活动应征作品。

赞钱学森

秦步云

留洋辗转历艰难，发奋图强硕果添。

心系一星功耀斗，情牵两弹志摩天。

谁将名利抛身后，君把精忠写案前。

苦尽甘来圆梦想，神州儿女敬英贤。

【出处】上海交通大学钱学森研究中心纪念钱学森诞辰 105 周年诗词征集活动应征作品。

咏航天之父钱学森

裘东坡

浩瀚沧溟一巨鲲，簪缨累世出名门。

飞天壮举千秋著，逐日情怀万古存。

心系神州盈碧血，德播禹甸荡忠魂。

昆仑屹立人间仰，旷世高标励子孙。

【作者简介】裘东坡，浙江省德清县武康镇凯喜雅体育用品有限公司职员。

【出处】上海交通大学钱学森研究中心纪念钱学森诞辰 105 周年诗词征集活动应征作品。

总书记探望钱学森（二首）

司徒锡钧

一

新春佳节即来临，公务繁忙记在心。

尊重专才为国宝，倾心科技似甘霖。

航天两弹何容易，地位提升世所钦。

前进闻吹新号角，人民托望有知音。

二

排除险阻棹朝东，华夏当年一片红。

赤子之心昭日月，情怀爱国耀苍穹。

专家学者楷模样，导弹航天立大功。

提出科研分系统，健康长寿祝尊翁。

【作者简介】司徒锡钧，江西师范大学教授。历任江西师范大学马克思主义原理教研室主任、哲学教研室主任、校职称评审委员会副主任等职。江西省社科联理事，江西省哲学学会常务理事兼副秘书长顾问。中华诗词文化研究所研究员，中国诗书画研究会研究员，中国国学研究会研究员，中国延安文艺学会会员，九州诗词学会会员，中国艺术工作者协会终身名誉会长，九州诗词社名誉社长。著有诗集《足迹集》《司徒锡钧诗集》（第二、三、四、五、六集）等。

【出处】司徒锡钧著：《司徒锡钧诗集》（第四集），中华诗词出版社，2007年。

钱学森百年诞辰

宋寿海

苏武情怀夸父心,何辞逐日海天寻。

阐微核爆蘑菇画,探秘星传鸾鸟音。

虎帐经纶归系统,龙沙理论度金针。

大成智慧君垂范,遗杖犹钦化邓林。

【作者注】钱学森不但是我国火箭、导弹和航天科技的大科学家,而且由于具有丰富的人文修养,又创新性地提出系统科学、沙产业以及大成智慧教育等杰出的学术思想。钱老本人就是大成智慧的典范。诗中大致概括了钱老这几个方面的成就。钱老担任过中国科协主席,笔者作为基层科协一员,曾聆听过他的精彩演讲。

【作者简介】宋寿海,甘肃省科学技术协会原副主席,甘肃省高级科技专家协会副会长,高级工程师。甘肃省诗词学会常务副会长、《甘肃诗词》总编辑,诗作散见于《中国科协报》《大众科技报》《甘肃日报》《福建日报》《甘肃诗词》《当代中华诗词选》《华夏吟友》等。

【出处】来自网络(中国楹联诗词网),网址: http://www.china-liandu.com/forum.php? mod=viewthread&tid=232438

长赞歌

——赞"国家杰出贡献科学家"钱学森

宋英伟

　　捧读了国务院、中央军委授予钱学森"国家杰出贡献科学家"的命令、授奖台上江泽民总书记的讲话和多方面的祝贺信,以及钱学森的讲话和胡士弘的《科学巨擘——钱学森》等文章,使我五内生辉,精神为之大振,多日多夜感奋不已,深感钱老的英雄业绩,是党的光辉之所在,是国家、民族希望之所在,是社会主义兴旺之所在,故奋拙笔而歌赞。

卓越作贡献,荣获最高奖[1]。

盛名海内外,万众同赞赏。

中华航天父,神州火箭王。

才气四横溢,科坛多华章。

"世界科技级","工程名著扬"[2]。

系统工程论,贡献难估量。

"银河明亮星"[3],意志异刚强。

浩然爱国气,矢志归炎黄。

异国二十载,秒秒虑国强。

耿耿爱国心,萦怀梦故乡。

美将金波尔,仔细惦分量。

一身"五师"众[4],惊恐心惶惶。

一饭"三惊吓",一时"六放光"[5]。

欲置于死地,手段极残伤。

种种苦肉计,焉能屈衷肠。

舌战他不畏,"枪毙"亦无妨。

千难并万险,含愤对猖狂。

家书夹密信[6],倾诉苦衷肠。

迫害恶行径,揭露"会谈"场[7]。

迫于不得已,驱逐遣回乡。

"母亲"急相救,团圆得实现。

艳阳明媚日,鲜花红旗展。

激动难言表,胸中滚波浪。

不顾涉洋累,深情驰广场[8]。

处处欣向荣,人人喜洋洋。

迎赴中南海,总理谈话详。

与商导弹计,陈赓副总长。

领袖毛主席,两度作表扬。

嘱托培人才,弘扬国运长。

深感党温暖,不负厚期望。

急国贫与弱,落后会损伤。

归国方三月,作出宏规纲[9]。

中央作决定,赞成他设想。

为实斯宏图,火海也要闯。

当苏撕合同,撤走专家忙。

有人讥嘲我,蔑视我无方。

中国出导弹,设想实荒唐。

忍气奋拼搏,九州谱新章。

导弹遨太空,举世皆惊慌。

中程当发射,满怀雄期望。

烈焰冉冉飞,端丽金凤凰。

一着有不慎,坠落刹那亡[10]。

参与试弹者,无心思饭浆。

巨擘钱学森,轻踱同伴旁。

含笑来相慰,语重心又长。

科学实验事,无法次次良。

恢宏志士气,搏斗要坚强。

吃堑更长智,享用久且长。

戮力同攻关,中程云霄上。

紧追不让步,分秒不偷闲。

利用中程箭,核弹飞上天[11]。

美国十三载,我只两年间。

成功似闪电,全球受震撼。

聂帅亲拥抱,热泪流成线。

中央深谢情,邀宴总理办。

鲜肴与美酒,畅饮欢无限。

火箭拟发射,警铃寒心响[12]。

推进剂膨胀,众皆愁莫展。

年轻一专家,提出奇方案。

似乎反逻辑,问道钱院长。

沉思回答"行",惊讶喜若狂。

遵循此方案,命中予定方。

挽回几百亿,赢得好时间。

海疆急需要,研制地潜弹。

自己无经验,效仿外国办。

拟造百米湖,工程复杂慢。

成团工程兵,工地流大汗。

百台挖掘机,日夜轰鸣响。

想造"造波机",规模拟海洋。

钱老听传信,认真细思量。

高度责任感,提出新规章。

节省几个亿,"地潜"发射良[13]。

"洲际"与"远程",后来也居上。

"卫星"及"同步",成就亦辉煌。

倾注全心血,为国放彩光。

全国科技会,颁发科技奖。

工程控制论,钱老受表彰。

上台受领者,却是"理事长"[14]。

"控制论"业绩,奠基钱主张。

修订原设想,委托宋健匡。

不仅为此书,更为后来上。

欲通此大举,培育栋梁将。

全书亲指导,出版姓名扬。

出版定署名,双方辞推让。

出版社无法,两人全署上。

序言加说明,他把宋健扬。

荣誉让青年,寄予深期望。

当年毛泽东,嘱托全未忘。
青年后来此,着力加培养。
早年在国外,心向共产党。
归船马尼拉¹⁵,记者问短长。
衷心怀故国,是否党员当。
傲然愤作答,敞开久萦肠。
我还不够格,崇高一理想。
鞠躬兴大业,入党姓字香¹⁶。
炎黄国与家,多难立新邦。
历经曲与折,义无反顾望。
万劫不泯志,愈信愈坚强。
困难更奋发,砥柱振炎黄。
谬论尘嚣上,马列原理彰。
针对时势弊,愤批自由腔。
抨击凌尖锐,唯物主义倡。
千方兴祖国,晓论声琅琅。
勉励莘学子,爱国心弘扬。
鼓呼勿菲薄,传统应弘扬。
马列宏理想,人类最高尚。
不径斯路走,只能履灾殃。
挺胸迎惊涛,定能达康壮。
伟哉钱学森,品学激奋昂。
气节极崇高,身心献炎黄。
从学慎严谨,坚持唯物场。

作风力朴实,实事无虚张。

赛过美国人,科学国之王。

永远跟党走,百折不彷徨。

先进劳动者,永朝志向往。

年纪步耄耋,理想无止疆。

科学体系建,扩展大开放。

数学模型法,博大精深想。

唯物深渗透,各科均相彰。

追求从不懈,交叉多设想。

思维触角伸,振聋发聩创。

神州为骄傲,党中好榜样。

五岳莽苍苍,黄河浩荡荡。

地灵人杰起,祖国日兴旺。

【作者注】

1. 1991 年 10 月 16 日,国务院、中央军委颁布命令,授予钱学森"国家杰出贡献科学家"荣誉称号和一级英雄模范奖章。

2. 1989 年,钱学森获现代理工界最高荣誉"小罗克韦尔奖章"与"世界级科学与工程名人"称号。

3. 第二次世界大战结束时,美军方认为,钱学森是"帮助美国成为世界第一流军事强国的科学家银河中一颗明亮的星"。

4. 1950 年 8 月,钱学森向美海军次长丹尼尔·金波尔提出回国要求。 金波尔说:"我宁可把这家伙枪毙了,也不让他离开美国。 无论在哪里他都抵上五个师。"

5. 1950 年 9 月 9 日,钱学森被美当局逮捕监禁时,美联邦调查局人员,晚上每十分钟入室开一次灯,折磨得他无法入睡。 保释回家时,又常入住室捣乱,弄得全家一餐三惊。

6. 1955 年 6 月，在寄家书中夹带了给亲故陈叔通副委员长的信，求助政府帮助回国。

7. 1955 年 8 月 2 日，中美大使级会谈，我方揭露了美国的卑劣行径，美被迫在 8 月 4 日准许钱学森回国。

8. 1955 年 10 月 18 日，钱学森回国，不久便携妻子儿女赶赴天安门广场。

9. 在党中央的关怀和周总理的鼓励下，1956 年 2 月，钱学森对发展火箭导弹技术提出规划设想，给中央写了关于《建立我国国防航空工业意见书》。一个月后，党中央就做出了决定。

10. 1962 年 3 月 2 日，试验第一枚中程导弹遭受挫折，经过总结经验、修改设计与测试，终于在 1964 年 6 月 29 日发射成功。

11. 当原子弹小型化工程完成时，钱学森这时提出了利用改造中程运载火箭发射核弹头的建议。在他的精心领导下，这一美国人用 13 年时间完成的技术，只用了两年多的时间，便获得成功。

古韵新风
099

12. 发射一枚火箭时，遇到推进剂在高温下膨胀，大家一筹莫展，却有一年轻的科学家提出了不同寻常的方案，得到了钱学森的肯定，火箭终于发射成功。

13. 1982 年 10 月 1 日，钱学森参与组织领导了水下潜地导弹的发射。

14. 1982 年 2 月，全国优秀科技图书奖大会召开。原国家科委主任、当时的自动化学会理事长宋健指出，《工程控制论》为钱学森所著，被公认为奠基性的权威著作，与相对论、电子论被认为是 20 世纪科技三项伟大业绩。1962 年，钱将修订后的设想，委托年轻学者宋健。在钱的支持下，宋健组织几个人，经过辛勤劳动，终于著成。

15. 1955 年 10 月，钱学森回国，船经菲律宾马尼拉，美联社一记者不怀好意地问他是不是共产党员。

16. 1959 年 8 月，钱学森光荣加入中国共产党。

【作者简介】宋英伟，辽宁省丹东市委离休干部。

【出处】上海交通大学钱学森图书馆馆藏。

国家授予钱学森荣誉称号有感

苏广洲

为国鞠躬尽瘁酬,尖端科学占鳌头。

十年面壁藏精气,五载周旋返旧丘。

谋划上疏雄略展,弹丸神箭九霄游。

宏图克绍赖英才,一代风流启九州。

【作者简介】苏广洲,解放军原总参谋部通讯站大校。

【出处】苏广洲著:《牧波斋吟草》,天马图书有限公司,2002年。

悼念钱学森

孙雷

云漫清空降素帷,秋风瑟瑟不堪悲。

先生乘鹤腾烟去,虎魄离时正雪吹。

力抵五师星弹起,名扬四海国威推。

精英一代楷模树,长念丰功泪雨垂。

【作者简介】孙雷,原总装备部63760部队现役军官,中国书法家协会广西分会会员,广西诗词家协会会员,南宁市书法家协会理事,南宁市美术家协会会员。

【出处】解放军原总装备部美术书法研究院编:《高山仰止 风范长存——纪念钱学森诞辰100周年美术书法作品集》,广西美术出版社,2011年。

悼念钱老

孙雷

余杭自古多俊才,赤字辗转报国门。

单驱堪抵五师旅,只笔巨著八精论。

淡泊二王一父誉,尤珍一生三动心。

晚年犹寄殷殷语,大哉宇宙任飞巡。

【出处】解放军原总装备部美术书法研究院编:《高山仰止　风范长存——纪念钱学森诞辰 100 周年美术书法作品集》,广西美术出版社,2011 年。

悼钱公仙逝

孙树荣

侨居海外为国忧,突破重围巧运筹。

壮志雄心兴科技,一星两弹耀神州。

荒原戈壁扎营寨,神剑飞船天际游。

今日钱公西逝去,功垂史册耀千秋。

【编者注】题名为编者所拟。

【作者简介】孙树荣,军旅诗人。

【出处】解放军原总装备部美术书法研究院编:《高山仰止　风范长存——纪念钱学森诞辰 100 周年美术书法作品集》,广西美术出版社,2011 年。

祝贺钱学森学长荣获小罗克韦尔奖

孙运昌

学森兄长：今夏在洛阳，欣悉您得了小罗克韦尔大奖，啜了几句打油。当时得北京同学来信，知已由王启熙兄赋诗联名祝贺。因未寄出，值此1990年新年来临之际与贺年片一并奉上，再次表示我衷心的祝贺与敬意。

数载同窗，多学教益。

如沐春风，如亲芝兰。

品学兼优，师生敬仰。

待人和气，笑颜常开。

无私奉献，今为祖国。

导弹火箭，相继上天。

建我中华，华夏生辉。

得奖罗克，世界闻名。

居功不傲，永放光华。

【编者注】"王启熙"句，参见戴中溶、王启熙、孙运昌、许缉纲、汪鑫、唐璞诗作《祝贺钱学森学长荣获小罗克韦尔奖章》。

【作者简介】参见《祝贺钱学森学长荣获小罗克韦尔奖章》诗作。

【出处】上海交通大学钱学森图书馆馆藏。

悼钱学森院士

沈华维

一人能抵五师兵，为报炎黄破万重。

北美横磨三尺剑，西昌引领九天龙。

身心许国拓荒漠，星弹扬威耀碧空。

痛失元勋同泣泪，神州无不仰高风。

【作者简介】沈华维，军旅诗人。 中华诗词学会副秘书长、办公室主任。 著有诗集《问心斋诗词集》。

【出处】中华诗词研究院编：《中华诗词研究丛刊》。

悼钱学森

谭博文

暴雪惊秋四野悲，北山忽报哲人萎。

风帆曾激海归热，火箭远航龙作威。

最忆京华一业授[1]，畅谈沙产众心随[2]。

帅旗不倒应时举，科技兴邦志未移。

【作者注】

1. 1985 年愚曾在中央党校聆听钱学森讲授科学技术与哲学。

2. 钱老曾纵论沙产业的美好前景，在内蒙古影响深远。

【作者简介】谭博文，历任包头市委书记、内蒙古政协副主席等职。 曾任内蒙古诗词学会会长，中华诗词学会常务理事、顾问。 著有诗集《长忆峰岚万里天》《剪烛集》《砥砺集》。

【出处】谭博文著：《砥砺集》，作家出版社，2012 年。

颂钱学森

谭仙源

殊遇殊荣扰阻时，难泯归报寸丹思。

献身科学兴华夏，一杰能匹百万师。

【作者简介】谭仙源，土家族，湖北省巴东县第二中学退休老师。 恩施土家族苗族
自治州诗词楹联学会会员，著有《龙马萧萧》《璞子心韵》等。

【出处】谭仙源著：《璞子心韵》，中国诗词楹联出版社，2014 年。

参观钱学森生平事迹展览

覃绍超

志士于今逾古稀，科研成就世珍奇。

摘珠学海膺殊誉，致力国防固伟基。

展览八方催技改，参观万众动情思。

兴邦甘献平生热，进取依然作骏驰。

【作者简介】覃绍超，柳州市人民医院主治医师。

【出处】柳州市励进诗社、柳州市美术陶瓷厂合编：《励进》诗词集（第 6 集）。

颂钱学森

田庆友

神州十亿仰威名,科技领军建伟功。

魂系家山归梦远,情牵社稷赤心雄。

千难万险豪情烈,两弹一星浩气腾。

揽月九天酬壮志,宇航给力业中兴。

【作者简介】田庆友,辽宁省凌海市民政局低保管理科科长,中国楹联学会会员。

【出处】上海交通大学钱学森研究中心纪念钱学森诞辰105周年诗词征集活动应征作品。

悼钱学森大师兼寄别意

万朝奇

上天未挽巨星沉,致使吾侪泪满襟。

敢向霸强披剑胆,甘为故国沥琴心。

不谋利禄节操贵,忘却功名情义深。

更盼大师仙逝后,云从来者亦森森。

【作者简介】万朝奇,河南省虞城县政协原副主席。著有《野草集》,编有《虞城诗词选》。

【出处】《诗词月刊》2010年第3期,第43页。

识学如森　松柏长青[1]

——人民科学家钱学森颂

汪长明

自古江浙出贤隽,钱塘江上起风云。

隆隆炮声清廷覆,呱呱坠地涤凡尘。

父贤母惠把路引,春风化雨爱国心。

年少立定鸿鹄志,根正可期秀于林。

垂髫披肩上北京,长袍加身习三坟[2]。

幼学启蒙泽聪慧,腹满诗书得经纶。

蒙养院里书声紧,少小知怜树豪情。

尘土飞扬志乱世,不见当年宣武门[3]。

人才辈出庭院深,教育理念堪领军。

附中[4]铸就全人格,受用一生终相铭。

睹殇历难在壬申[5],日寇犯我任驰骋。

国失长空疆失守,热血如注自沸腾。

执信西斋[6]次中音,图书馆[7]里挑灯静。

实习江南和塞北,学风务实亦求真。

救国口号[8]弥坚劲,未有坦途可寄情。

一脚迈上航天路,不负宏猷报青春。

思源致远[9]根叶情,爱国荣校[10]柏长青。

力拔头筹校友奖,无出其右第一人。

题名庚款留学生,改弦探秘航空门[11]。

回国报效自可冀,觅得真经把蹄奋。

浦江浊浪负笈行，屡遭薄遇在麻省。

航空工程无以继，孤身何与一国争。

师从巨擘冯卡门[12]，加州理工崇创新。

同舟共进二十载，亦师亦友鱼水情。

科艺联姻两和鸣，量性双启辅而成。

风雨兼程逾六秩，科学殿堂天籁音。

物理力学[13]扬远名，开疆拓土辟蹊径。

蹊径坦途卡门钱，收官工程控制论[13]。

笑傲脚下群峰尽，昂首苍穹点繁星。

学术竞渡越师导，科学不负苦心人。

阴风恶雨浊浪腾，万语千言徒辩争。

身陷囹圄久困顿，无中生有捏污名。

羁縻难归久抗争，归国路上五寒春。

君有祖国作后盾，一人牵动万人心。

克利夫兰[14]破浪行，一将胜过五师兵[15]。

人间自有正义在，太平洋上复太平。

罗湖口岸[16]耀五星，万里故园一家亲。

神州大地披锦绣，改朝换代天地新。

百废待兴冬复春，长空寥廓稀星辰。

开创前无古人业，国防技术领导人[17]。

意见书[18]里绘宏景，发展规划[19]谱前程。

艰苦奋斗创基业，自力更生越昆仑。

终身不渝报国情，两弹一星十年成[20]。

问鼎苍穹千万里，遥将东风[21]揽霄云。

凌空导弹长虹尽，入水蛟龙核潜艇。

天上人间东方红[20]，巍巍中华谁敢侵。

殚精竭虑夜难寝，一语直将教育问[22]。

事业后继应有人，吾辈尤愿来者胜。

国强民富且日盛，沙草产业[23]惠民生。

思维科学无限量，系统工程不可轻。

社会建设大工程，科技体系新图景。

座座桥梁皆通达，最高层次哲学领[24]。

综合集成研讨厅，三大体系齐创新。

集得大成真智慧，科教兴国又一春。

神十[25]已将寰宇巡，天宫[25]犹若会客厅。

嫦娥[25]乘风奔月去，回望人间中国星[26]。

惟求风气四时正，淡泊名利两袖清。

轰轰烈烈驰中外，坦坦荡荡贯古今。

真学由来无止境，未到终老不歇停。

三大学术高峰[27]立，留得青山后学登。

风雨人生百里程，掏尽心智与国倾。

此生圆就科学梦，感动中国赤子情[28]。

千秋伟业岁月峥，十里长街寂无声[29]。

可惜人生犹太短，但将遗业予后昆。

大地丰碑鉴后人，石破天惊撼乾坤。

华山路上喧取静，瞻首观众入门庭。[30]

西子湖中波涛尽，八宝山上秋风停。[31]

吃水不忘打井日，中国航天奠基人[32]。

【作者注】

1. 钱学森原名钱柏青，标题依次嵌入"学"、"森"、"柏"、"青"四字，故名。

2. "三坟"，指伏羲、神农、黄帝之书，谓之以《三坟》，可作古书解释。

3. "宣武门"：钱学森三岁（1914年）随父钱均夫进京，家住宣武门外一带。

4. "附中"，指北师大附中，时称国立北京师范大学校附属中学校。钱学森中学就读于此（1923—1929年）。

5. "壬申"，指壬申年（1932）。当年，日本在上海挑起一·二八事变，当时钱学森就读于上海的交通大学。

6. "执信西斋"：交通大学学生宿舍楼，位于今上海交通大学徐汇校区，始建于1929年，初名西新宿舍，为纪念国民革命先驱朱执信而定名。钱学森大学期间曾在此居住。

7. "图书馆"，指交通大学图书馆，始建于1917年，1919年建成，是国内最早建成的大学图书馆之一。在交通大学求学期间，图书馆是他"每天必去"的求学之所。

8. "救国口号"，指清末民初爱国志士提出的航空救国、实业救国、交通救国、教育救国、科学救国、立宪救国等各种救国口号。

9. "思源致远"：老交大校训，意指"饮水思源、志存高远"。"落其实者思其树，饮其流者怀其源。"语出北周庾信（513—581）《征调曲》。

10. "爱国荣校"，代指上海交通大学现在的校训"饮水思源、爱国荣校"。

11. "庚款留学生""航空门"：钱学森1934年大学毕业后，考取庚子赔款公费留学生，并于次年赴美国麻省理工学院留学，专业为航空门。

12. "冯·卡门"，全名西奥多·冯·卡门（Theodore von Karman，1881—1963年），钱学森在加州理工学院攻读博士学位时期的导师（二人后成为长期合作的同事），美籍匈牙利犹太人，20世纪最伟大的航天工程学家，开创了数学和基础科学在航空航天和其他技术领域的应用，被誉为"航空航天时代的科学奇才"。

13. "物理力学"、"工程控制论"：钱学森留美期间开创两门技术科学新领域。尤其是他 1954 年出版的《工程控制论》一书，世界上第一部系统讲述工程控制论、具有划时代意义的经典科学著作。该书一经出版，先后被译成俄（1956）、德（1957）、中（1958）、捷（1960）等多种文字出版，在控制论领域产生了重要而持久的学术影响。

14. "克利夫兰"，1955 年 9 月 18 日，经过长达五年时间的抗争，在党和国家的关怀和国际友人的帮助下，钱学森一家乘坐"克利夫兰总统号"邮轮，踏上了回归祖国航程，并于 10 月 8 日回到中国。

15. "一将胜过五师兵"，出自钱学森 1950 年打算回国时时任美国海军次长金布尔说过的一句话："钱学森无论走到哪里，都抵得上 5 个师的兵力。我宁可把他击毙在美国，也不能让他离开。"

16. "罗湖口岸"，指深圳罗湖口岸。钱学森 1955 年 10 月 8 日回国经香港通关踏上祖国土地的第一站。

17. "国防技术领导人"，指钱学森回国后作为航天事业技术领导人担任的第一个重要职务——国防部第五研究院院长。

18. "意见书"，指钱学森 1956 年 2 月起草的《建立我国国防航空工业意见书》。该意见书为新中国火箭和导弹技术的创建与发展提供了极为重要的实施方案。

19. "发展规划"，指 1956 年 3 月制定的新中国第一个科学技术发展远景规划纲要，全称《1956—1967 年科学技术发展远景规划纲要》，简称"十二年科学规划"。

20. "两弹一星十年成"，"天上人间东方红"：从 1956 年 2 月钱学森起草《建立我国国防航空工业意见书》，到 1966 年 10 月，钱学森作为技术总负责人，协助聂荣臻元帅组织实施我国首次导弹和原子弹"两弹结合"试验并取得圆满成功；从 1960 年 2 月钱学森指导设计的我国第一枚液体探空火箭发射成功，到 1970 年 4 月钱学森牵头组织实施我国第一颗人造地球卫星"东方红一号"发射任务（2016 年，国务院批复同意将每年的 4 月 24 日设立为"中国航天日"，即为纪念"东方红一号"的发射日），在此"两个十年"时间里，我国完成了"两弹一星"这一前无古人的伟大壮举，开创了中国科技发展史上的一座座重要里程碑，将新中国国防现代化建设向前推进了一大步，也为我国国家安全的保障、国际地位的提高提供了有力支撑。

21. "东风"，指我国东风系列导弹，是目前世界上唯一覆盖各种类型弹道导弹的陆基弹道导弹系列；最早型号为东风一号。 1964 年 10 月 27 日"两弹结合"试验使用的导弹东风二号- A 为我国自行研制的第一代中程地地战术导弹。

22. "一语直将教育问"，指"钱学森之问"。

23. "沙草产业"：钱学森第六次产业革命理论的重要内容。 1984 年，钱学森从整个人类社会发展的高度，结合人类社会有史以来推动社会变革的科技发展规律，以超凡的学术智慧和前瞻性战略眼光，将人类历史上已经出现的"经济的社会形态的飞跃"划分为五个阶段，即五次产业革命，并预言，21 世纪还会有一场新的产业革命。 他指出，这是以农业型的知识密集产业为主要特征的第六次产业革命。 钱学森第六次产业革命理论为我国农产业、沙产业、海产业、林产业、草产业等的发展提供了全新的理论指导和实践路径。 他就此多次给党和国家领导人及有关部门写信，倡导建立起高度知识密集、技术密集的，高效能的大农业体系，为社会主义中国迎接第六次产业革命建言献策。

24. "座座桥梁皆通达，最高层次哲学领。"指钱学森现代科学技术体系。 20 世纪八九十年代，钱学森通过对人类科学技术发展的整体把握和深刻认识，以马克思主义哲学为指导，通过讲话、撰文、著述、书信、笔记等形式，提出并建立现代科学技术体系。 这一体系的基本结构（从下而上）依次为应用技术—技术科学—基础理论—部门哲学—马克思主义哲学。 技术科学层次包括自然科学、社会科学、数学科学、系统科学、思维科学、人体科学、地理科学、军事科学、行为科学、建筑科学和文艺理论共十一大学科门类。 每一学科分别通过部门哲学，即分别为自然辩证法、唯物史观、数学哲学、系统论、认识论、人天观、地理哲学、军事哲学、人学、建筑哲学和美学这十一大桥梁与马克思主义哲学相关联。 钱学森认为，马克思主义哲学是现代科学技术体系的"总纲"，是人类全部知识体系的最高概括，是人类认识世界、改造世界的法宝。

25. "神十""天宫""嫦娥"，分别指神舟十号载人飞船、天宫一号目标飞行器和空间实验室、嫦娥一号月球探测器。

26. "中国星"，指钱学森星。 2001 年 12 月 21 日，经国际小行星中心和国际小行星命名委员会批准，中科院紫金山天文台将其于 1980 年 10 月 14 日发现的国际编号为 3763 号的小行星命名为"钱学森星"。 当日，中国科协、中国科学院、中国工程院联

合在人民大会堂举办"钱学森星"命名仪式。

27. "三大学术高峰",指钱学森科学历程中的三大创造高峰(原中国航天科技集团公司 710 研究所于景元研究员),分别为: 第一阶段,20 世纪 30 年代中到 50 年代中期,即从出国留学到回国之前。 这一时期,钱学森在美国从事应用力学、喷气推进以及火箭与导弹研究等方面的自然科学技术研究,取得了举世瞩目的成就,并创建了物理力学和工程控制论两门新兴学科,成为当时国际上著名的科学家。

第二阶段,20 世纪 50 年代中期至 80 年代初,即回国以后到退出国防科研一线领导岗位。 这一时期,钱学森身为我国航天事业的奠基人,将主要精力集中在开创我国火箭、导弹和航天事业上。 在周恩来、聂荣臻等老一辈无产阶级革命家的直接领导下,钱学森的科学才能和智慧得以充分发挥,并和广大科技人员一起,在当时十分艰难的条件下,研制出我国自己的导弹和卫星来,创造出国内外公认的"两弹一星"奇迹。

第三阶段,20 世纪 80 年代初至 2009 年,即退出国防科研领域工作岗位到逝世前。这一时期,钱老学术思想之活跃、涉猎学科之广泛,原创性之强,在学术界十分罕见。他通过讨论班、学术会议以及与众多专家、学者书信往来的学术讨论中,提出了许多新的科学思想和方法、新的学科与领域,并发表了大量文章出版了多部著作,产生了广泛学术影响。

于景元研究员认为,钱学森的科学成就与贡献不仅充分反映出他的科学创新精神,同时也深刻体现出他的科学思想与科学方法。 从钱学森的知识结构来看,他不仅有学科和领域的深度,又有跨学科跨领域的广度,还有跨层次的高度,这个高度更能反映出他的科学思想和科学智慧,综合集成的大成智慧。 如果把深度、广度和高度看成三维结构的话,那么,钱学森就是一位三维科学家,是一位名副其实的科学大师、科学帅才、科学泰斗和科学领袖。 是中国现代史上一位伟大的科学家和杰出的思想家,一代宗师,百年难遇。

参见于景元:《钱学森科学历程中的三大创造高峰》,《科技日报》2009 年 11 月 12 日。

28. "感动中国赤子情": 2008 年 2 月 17 日,钱学森荣获 2007 年度感动中国年度人物。

感动中国组委会授予钱学森的颁奖词:"在他心里,国为重,家为轻,科学最重,

名利最轻。 5 年归国路，10 年两弹成。 开创祖国航天，他是先行人，披荆斩棘，把智慧锻造成阶梯，留给后来的攀登者。 他是知识的宝藏，是科学的旗帜，是中华民族知识分子的典范。"

感动中国推选委员阎肃对钱学森老人作出如下评价："大千宇宙，浩瀚长空，全纳入赤子心胸。 惊世两弹，冲霄一星，尽凝铸中华豪情，霜鬓不坠青云志。 寿至期颐，回首望去，只付默默一笑中。"

颁奖典礼上，蒋英教授代表钱学森受奖并接受致贺。

29. "十里长街寂无声"： 2009 年 10 月 31 日，钱学森在北京逝世，享年 98 岁。

30. "大地丰碑鉴后人，石破天惊撼乾坤。 华山路上喧取静，瞻首观众入门庭。"指位于上海交通大学徐汇校区的钱学森图书馆，面向华山路接待观众参观。 钱学森图书馆于 2011 年 12 月 11 日钱学森诞辰 100 周年之际建成对外开放，由何镜堂院士领衔的华南理工大学建筑设计研究院设计。 馆的外形取自"石破天惊"，寓意钱学森作为技术领导人开创的航天伟业和为我国社会主义现代化建设作出的杰出贡献。 馆内基本展览分为"中国航天事业奠基人""科学技术前沿的开拓者""人民科学家风范"和"战略科学家的成功之道"四个部分。 本馆致力于成为钱学森各个时期文献实物最完整、最系统、最全面的收藏保管中心，钱学森科学成就、治学精神、高尚品德、传奇人生的宣传展示中心，以及钱学森科学思想和科学精神的研究交流中心，是全国爱国主义教育示范基地。

31. "西子湖中波涛尽，八宝山上秋风停。"钱学森出生于杭州，骨灰安放于八宝山革命公墓。

32. 新华社发布的《钱学森同志生平》对钱学森的评价是"享誉海内外的杰出科学家和我国航天事业的奠基人"。

【作者简介】汪长明，上海交通大学钱学森研究中心馆员。 发表学术论文 90 余篇，逾 120 万字。 发表诗词、散文 60 余首/篇，作品散见于澳门《华文百花》及《诗词月刊》《淮风》《党史信息报》《世界汉语文学》等报刊。

【出处】原诗作于 2015 年，是为纪念钱学森归国六十周年。 载 2016 年 1 月 20 日《党史信息报》。

钱学森图书馆参观记

（藏头诗）

汪长明

钱氏家族出柏青，

学得五典又三坟。

森郁林茂百花秀，

图强奋发为领军。

书山自可通天行，

馆巍灯明静无声。

参天揽月拔地起，

观海听潮风卷云。

【出处】作者为本诗集出版所作。

向钱老致敬

——首飞航天员杨利伟看望钱学森

汪长明

我自乘舟巡宇来，榻前毕礼逐颜开。

有报钱翁家国梦，奠基伟业辈鉴才。

五星熠熠胸前戴，重任万钧今释怀。

颢遍寰宇西氾黯，振国兴邦驱重霾。

【作者注】钱学森是中国航天事业的奠基人，也是载人航天事业的技术领导人。他于 20 世纪 80 年代中期提出的"飞船方案"，经过科学论证后，最终被国家采纳，为我国载人航天事业指明了正确的技术发展方向。2003 年 10 月 15 日，中国首艘载人飞船神舟五号成功发射，首飞航天员杨利伟随飞船顺利进入太空。同年 10 月 16 日，92 岁的钱学森亲笔写下"热烈祝贺神舟五号发射成功，向新一代航天人致敬！"贺词。2004 年元宵节，杨利伟专门前往钱老寓所，看望钱学森。

【出处】作者为本诗集出版所作。

悼钱学森

汪廷奎

卓著功勋科学家，赤心归国报中华。

从无到有航天业，觅种连开造弹花。

耄耋犹然发疑问，声名灿烂似虹霞。

跟风应觉诤言少，曾否冥思饮苦茶？

【作者简介】汪廷奎，广东省社科院研究员。

【出处】刘玉霖主编：《坡底拾遗》，成达出版社，2012年。

刺破苍穹

——钱学森诞辰105周年感赋

王超群

忍将风雪破成弦，弹到高山白发添。

臂挽长弓亲射虎，船披金甲好巡天。

和声寄梦酬于国，爱字沉胸任在肩。

愿做先生坟畔草，隔空写下复兴篇。

【作者简介】王超群，湖南省宁乡县喻家坳乡南岭村仓场组农民。

【出处】上海交通大学钱学森研究中心纪念钱学森诞辰105周年诗词征集活动应征作品。

咏老院长钱学森（三首）

王春河

余尝为钱学森老院长麾下航天一小兵。当此钱老 105 岁诞辰将临之际，撰短句三首，聊表景仰追思之情。

一、上任

我国第一个导弹、火箭研制机构——国防部五院创建之时，暂栖北京西郊部队一医院。聂荣臻元帅于食堂宣告其成立。是时，钱学森始任第一任院长。

一桌几凳人二百，元戎健步登土台。

宣布院长钱学森，五院大幕始拉开。

自兹中华有航天，宏图大业赖统帅。

自力更生攀高峰，不信东风唤不来。

二、办班

为使刚毕业进入五院之 200 余名大学生尽快掌握研制导弹、火箭的知识，老院长亲执教鞭，举办多期导弹"扫盲班"。

一页讲义一板书[1]，满口京腔高论殊。

深入浅出说导弹，扫盲班里育高徒[2]。

【作者注】

1. 老院长讲课，亲编教材，携一页提纲，写工整板书。几番办班后，出版我国导弹技术奠基之作——《导弹概论》。

2. 当时听课者，虽不懂导弹，课后由忧转喜，皆曰："听钱院长讲课，享受也。"曩昔听课者，今居航天将帅者、为业务骨干者，不胜数矣。

三、起步

仿制起步循序行,爬走跑跳长本领[1]。

运筹帷幄宏猷远[2],弹箭星船跃长旻。

【作者注】

1. 我国研制导弹、火箭从仿制苏联早期型号开蒙。老院长引领科技人员,尊聂帅"先学爬楼梯,再学走路、跑、跳"之嘱,稳然起步,为长远发展打下基础。

2. "宏猷",意为宏伟远大之规划。

【编者注】编者略有改动。

【作者简介】王春河,中国航天科技集团公司企业文化部原部长,钱学森与中国航天课题组副组长。

【出处】作者为本诗集出版所作。另见 2016 年 12 月 28 日《中国航天报》。

世纪巨人钱学森赞
（藏头诗）

王德鸿

世济其美后承前,纪纲人伦遵守严。

巨细无遗科学践,人心归向祖国献。

钱可通神不爱钱,学究天人国防剑。

森严壁垒志诚坚,赞叹不已巨星贤。

【作者简介】王德鸿,历任上海新江机器厂宣传科长、党委副书记、局党办主任,上海航天技术研究院 807 所党委书记。著有诗词集《大千集》《大爱集》《圆梦集》《天涯征尘》等。

【出处】上海交通大学钱学森研究中心纪念钱学森诞辰 105 周年诗词征集活动应征作品。

悼钱老（二首）

王锦生

一

一老升天举世哀，吾曹为此顿时呆。

无缘近识群星首，有幸遥知旷代魁。

肝胆西陲惊星弹，功勋遍宇震春雷。

神州信您魂长在，国有疑难尚会回。

二

大洋彼岸水流洄，孰料当年您竟回。

耻与琼楼强盗混，甘和白屋母亲偎。

呕心但淬炎黄火，沥血终凝社稷雷。

此去今知非昔比，魂兮兀自盼归来！

【作者简介】王锦生，湖南省邵阳纺织机械有限责任公司政工师。 中华诗词学会会员，湖南诗词协会会员，邵阳市诗词协会、楹联学会常务理事。 著有诗集《瘦竹剩叶》。

【出处】王锦生著：《瘦竹剩叶》，2010 年。

赞钱公

（藏头诗）

王丽娜

钱财身外无多爱，

学得航天射日方。

森聚科研精技艺，

好称寰宇大师光。

【作者简介】王丽娜，上海市徐汇区华泾镇政府工作人员，上海诗词学会会员。

【出处】上海交通大学钱学森研究中心纪念钱学森诞辰 105 周年诗词征集活动应征作品。

痛悼钱学森先生

王连生

游子归乡日，书生拜将时。

扬眉凭一箭，辅国总无私。

学贯中西道，身当十万师。

苍天倾夜雪，白野寄哀思。

【作者简介】王连生，山西省洪洞县中镇诗社社员。 诗作入选《海岳天风集》《中镇十年集》《广东中青年诗词选》等。

【出处】来自网络（中华诗词网），网址： http：//bbs.zhsc.net/thread－550498－1－1.html

中国知识分子楷模

王培基

扬眉两弹铸奇功，报国钱公赴难行。

高尚情怀千载颂，春风大地刻英名。

【作者简介】王培基，青岛恒深贸易公司总经理，工程师。

【出处】上海交通大学钱学森研究中心纪念钱学森诞辰 105 周年诗词征集活动应征作品。

忆钱学森

王文元

世界科学一巨才，精忠报国重洋归。

两弹一星显奇才，心血献尽壮国威。

只爱祖国不爱钱，德才高尚国人范。

智神才奇古来稀，百年中华精英冠。

【作者简介】王文元，高级经济师。 中国通信产业高级会员，甘肃省邮电企业管理协会常务理事。 曾任甘肃省邮电管理局教育处、宣传处副处长。

【出处】王文元著：《国风民韵——七言诗四百首》，兰州大学出版社，2011 年。

丰碑

王效先

钱学森同志,以其对科学事业的不懈追求,成为航天人的一面旗帜;以其全身心为人民服务,成为享有崇高威望的共产党员的优秀代表;以其杰出的贡献,在世界的东方竖起一座永远的丰碑。

钱王祠畔立门户,学问森林藏其富。

世纪英才淡泊人,奇逸江东成独步。

吴越风流贴后昆,喜看鲲鹏出南冥。

家学渊源教亦良,总角灵慧集一身。

交大清华与麻省,终身教授正年轻。

凝神喷气注推进,务实远志在航空。

探秘自然穷物理,神鹜八极参玄机。

科学救国立命牢,夙愿禹域腾骧起。

方看钱郎步锦霞,更喜蒋女正芳华。

各自领域成翘楚,绝代双骄璧人花。

加州当日人争羡,力学教父首频颔。

三军易募才难得,此子前程未可限。

驰誉寰海不自恃,焦桐无弦压卷诗。

甘载勤修硕果丰,一身轻抵五雄师。

科学纵使无国界,学子自有神圣业。

人民中国生强磁,吸引纷纷回国切。

矢志报效意正殷,无端横遭五年禁。

孤岛囚笼困鸿鹄,难羁雄举千里心。

赖有国脉立砥柱,化作阳和春风至。

罗湖桥头踏归日,垂天鹏翼初展时。
二战烟消曾几日? 核爆声作外交语。
军备较胜势水火,谁堪软骨蒙奇耻!
直面骄虏核狰狞,凝视万户遗恨重。
唯将崛起做雄强,拳头说话声如钟!
毅魄当仁自不让,引领群彦迎难上。
十二规划启鸿猷,誓为神州造新阳!
烈风吹沙没居延,篝火夜照弱水寒。
一念筑梦无旁骛,不斩楼兰不复还!
更览圣地荒漠深,剑指魔域叩鬼门。
发射高塔如椽笔,泼墨挥作蘑菇云。
报国肝胆雄震雷,死海可蹈山可排。
丹心引得春风渡,铁血浇灌马兰开。
窃喜希望初诞时,岂期六月寒霜至。
绝乳断炊加扼颈,忍看赤婴行窒息。
不意困厄甦国魂,奋起豪壮科技人。
戮力同心突围生,踏破荆棘迎朝曛。
百余骨干咬坚阙,数万精英洒汗血。
九次运算出奇迹,十响试爆助跨越。
捷传飞来掌潮起,泪盈襟袖逾四喜。
塔架映日希代画,弹道划弧绝品诗!
千倍光亮消长夜,万度炽热熔金石。
大漠神火照大道,巨人迈步从此始。
十年砺剑出龙泉,刺破青霄锷未残。

画图自此多颜色，博弈舞榭生斑斓。
赤道雕弓射白虎，横海长缨缚苍龙。
睥睨丛林百兽虐，犁庭扫穴弹指中。
民族脊梁挺如铁，国人福祉尊严生。
五十年来军歌壮，两弹一星居伟功。
畅游科海意纵横，弹箭星船写人生。
目极银汉脚踏地，奋力跻攀肯停踵。
愿闻霹雳千声哑，愿看只手万夫雄。
弹精竭智惜分秒，不教迟暮泯初衷。
一切成就归集体，三生有幸逢其时。
中夜常疚璧微瑕，岁暮内省少满意。
功过毁誉归汗青，竭诚服务属自己。
鞠躬看取玉烛尽，双馨人间留好诗。
哲学头脑溢词明，四维六合集六成。
深入堂奥发真见，阐出精准富实用。
应用科学推广泛，系统工程全局控。
锐意创新思谋远，助飞神州资无穷。
科普道远任尤重，漾水寓理喻分明。
育英甘尽扶持力，启智还施变化能。
挺托新锐膺大任，问责风险自承担。
倾囊尽箧抬大爱，只为邦家聚麟凤。
国贫民辱由来痛，强邦外交事不争。
赖有凌空杀手锏，啸傲四海气如虹。
巨龙绘就万豪力，神龙点睛元勋功。

跨箭星际巡游日,逾汉越唐不是梦!

赤子赤心荐赤诚,三次堕泪皆由衷。

报国有方意拳拳,奉献无已春融融。

一生务实臻至善,百年求索不舍功。

诗意人生悠悠韵,天上人间依依情。

著作等身奖联翩,钱氏星辰足璀璨。

拂去烟云初心在,进取何惜耄耋年。

半世变位存高格,一生姓钱不爱钱。

澄怀一轮镜湖月,清辉四时照池莲。

仙侣同舟八十秋,形神合一凭自由。

你喜'钱'分吾爱'奖',别样幽默亦无俦。

蜗居才艳千里发,陋室德馨万人讴。

琴瑟金曲成绝唱,西子湖畔驻风流。

科学报国三生梦,寸草春晖一世情。

誉满中外心止水,身跻英模无尚荣。

传奇经历垂世范,人格魅力仰高山。

铁笔春秋镌国士,丰碑长留人心间。

【编者注】编者略有改动。

【作者简介】王效先,西安航天动力机械厂运输部高级技工。

【出处】上海交通大学钱学森研究中心纪念钱学森诞辰 105 周年诗词征集活动应征作品。

听钱学森同志谈科学新技术

王以铸

天人一夕话乘除，胜读百科十载书。

板块地球千百片[1]，芝麻中子万斤余。

高分独创新生命[2]，杯水能开火箭车。

后夜嫦娥招客饮，明宵飞向广寒居。

【作者注】

1. 李四光发展了板块地质论，创立了细片论。

2. 通过遗传高分子的接合，可以打破动、植物界限，创造新物种。

【作者简介】王以铸，知名翻译家、出版家。 曾任中央人民政府出版总署编译局编辑、人民出版社编审、中国翻译工作者协会理事。 译有（古希腊）希罗多德《历史》、（古罗马）塔西佗《编年史》（与妻子崔妙因合译）、《历史》、《野坂参三选集》、（苏）阿甫基耶夫《古代东方史》、（俄）科瓦略夫《古代罗马史》、《歌德席勒叙事谣曲选》、《卡斯特罗选集》，等等。 著有旧体诗合集《倾盖集》（合著）。

【出处】王以铸、吕剑、宋谋玚、荒芜、孙玄常、陈次园、陈迩冬、舒芜、聂绀弩：《倾盖集》，福建人民出版社，1984 年。

敬贺钱学森教授九十华诞

王者香

归心已克险关难，报国何辞作始艰。

业既科峰擎一柱，功尤学海领千帆。

五洲有井皆歌柳，九域无人不识韩。

生佛温公天下重，华封永视比南山。

【作者简介】王者香，西南政法大学教授，与钱学森在学术上常相过从。

【出处】上海交通大学钱学森图书馆馆藏。 另见：《九十华诞钱学森》，上海交通大学出版社，2003 年。

敬贺钱学森星命名

王者香

才歌遐寿祝如山，又庆名星耀宇寰。

拔地扶摇九万里，巡天旋转无穷圜。

望云此刻思飞北，立雪当年忆指南。

顿首科坛镕艺苑，大成智慧绚纷繁。

【出处】上海交通大学钱学森图书馆馆藏。 另见：《九十华诞钱学森》，上海交通大学出版社，2003 年。

贺钱学森荣获世界科技奖

王振飞

航天科技始登临，世界荣誉胜亿金。

不屈淫威归祖国，争辉民族照丹心。

【作者简介】王振飞，原上海凌霄评弹团评话演员。

【出处】王振飞著：《瞽叟格律诗选》，文汇出版社，2010 年。

教育的诗篇

——缅怀恩师钱学森（三首）

王宗丰　张瑜　张润卿

一

恩师灵在天,弟子诉衷言。

投师门下日,一九五八年。

中国科大立,倡者中科院。

全校十三系,学科均前沿。

近代力学系,由您亲领衔。

星际航行课,传授新理念。

句句贵如金,谆谆详推演。

教育重德才,叮嘱红又专。

理实要交融,亲手把技传。

指导众弟子,研制小火箭。

人工降天雨,以解田园旱。

系会校务会,屡屡献箴言。

人民日报上,发表教育篇。

二

三年自然灾,同心渡难关。

头戴解放帽,身穿蓝布衫。

生活极俭朴,姓钱不爱钱。

一九六一年,捐款逾万元。

赠送计算尺,助学常埋单。

每逢春节日,学生去拜年。

指椅让人坐，夫人把茶献。

细语谈家常，融融师生间。

家居很简单，惟见多书案。

牵挂同学们，问寒又问暖。

旧房几十年，给新坚不迁。

身教胜言教，弟子印心间。

三

执教重基础，瞄准高精尖。

严慈恰相济，受益实匪浅。

星移兼斗转，毕业谢师传。

弟子千人中，院士将军繁。

教授三百七，统计尚未全。

桃李满天下，为国做贡献。

恩师已仙逝，英名千古传。

洒泪缅恩师，报国承遗愿。

【作者简介】

王宗丰，中国科技大学近代力学系高速空气动力学专业首届毕业生，曾任校学生会主席、校团委副书记，毕业后一直在航天部从事航天科技工作。

张瑜，中国科技大学近代力学系第一届毕业生（师从钱学森），中国科学院大学（中科院研究生院）教授，曾在美国纽约市立学院（CCNY）做过访问学者。著有《膨胀波与激波》《钱学森与中国科大力学系火箭小组》等。

张润卿，中国科学技术大学近代力学系第一届毕业生，中国空间技术研究院研究员，《航天器环境工程》杂志原主编。

【出处】作者为本诗集出版所作。

缅怀钱学森同志

魏泉如

一心为国建殊勋，钱老精神谁不钦。

两弹一星关大局，千方百计奠基因。

卧薪尝胆英雄志，斩棘披荆壮士魂。

自道姓钱钱不爱，高风亮节灿于金。

【作者简介】魏泉如（1926—2016），四川简阳人，退休干部。中华诗词学会会员，毛泽东诗词学会会员。历任成都市银杏诗词学会秘书长、成都毛泽东诗词研究会常务副会长、成都市诗词楹联学会顾问等职，《银杏诗词》副主编、《丛中笑》执行主编。著有《乐耕集》。

【出处】魏泉如著：《乐耕集》，中央文献出版社，2011年。

"钱学森旋风"

温国材

一阵"旋风"不觉临，军工大院撼人心。

才高八斗堪人敬，学富五斗传道深。

壮志凌云奔四海，精忠报国值千金。

德高望重人人学，学得真诚肺腑钦。

【作者简介】温国材，曾任哈尔滨军事工程学院教员、南京炮兵工程学院教员，广东西江大学物理系（今肇庆学院电子信息与机电工程学院）原主任等职。广东肇庆老年诗书画研究社及西江诗社社员，著有诗集《历程诗草》等。

【出处】温国材著：《哈军工史诗》，中国文联出版社，2007年。

忆英师

——钱学森诞辰105周年

伍义生

师从钱老学力学，尊师《概论》开心扉。

从事科研三十载，"星际航行"指前程。

英师博大又精深，慈祥严格对我们。

音容笑貌依然在，深情怀念钱学森。

【作者注】1958年，笔者作为中国科技大学第一届学生，在近代力学系学习，钱学森为系主任。 在校期间，笔者聆听过他讲授《星际航行概论》课，并在他指导下的火箭小组参加研制工作，受益匪浅。 从中国科大毕业后，笔者去中科院力学所从事科研工作（钱学森为所长），退休后专门从事高端科普的翻译工作。 2014年8月广州举办书展，展会邀请我围绕我们翻译的物理学的未来谈谈未来一百年的科技发展。 当时正值探测器飞过冥王星，发回拍摄的图片。 在会上有读者提出有关问题，笔者利用从钱老师讲授的《星际航行概论》课学到的知识现场回答了问题。

【作者简介】伍义生，中国科大近代力学系第一届毕业生，中科院力学所研究员（已退休）。 北京万国桥翻译中心经理，中科院翻译协会理事，中国译协资深翻译。荷兰Delft大学、德国宇航研究院、悉尼大学客座教授，美国洛杉矶加利福尼亚大学访问学者。

恭贺钱学森先生九十华诞

夏理宽

两弹一星升太空,国人共仰数钱公。

炎黄领地称儿子,科技航天尊父翁。

务实精神群敬慕,求真品格独情钟。

健康长寿全球愿,开庆期颐话大同。

【作者简介】夏理宽,杭州丹霞诗社常务副社长,《丹霞》诗刊执行编辑。

【出处】普天东方通信集团有限公司老科技工作者协会编:《丹霞诗词选》(第三辑),2002 年。

悼念钱学森

夏日

噩耗惊闻，吾辈失魂。

巨星陨落，神州悲痛。

先生智慧，中华殊荣。

两弹元勋，威震太空。

驾鹤西去，日月迎送。

山河泣拜，沙草失声。

泰斗钱老，精神永存。

一面大旗，导引征程。

【作者简介】夏日，内蒙古沙产业草产业协会会长。 历任第十届全国政协常委、民族宗教委员会副主任，内蒙古政协副主席等职。

【出处】作者为本诗集出版所作。

咏人民科学家钱学森

项天光

大象方新国力赢，风云激荡暗流滋。

丹心一片翻沧海，浩气三千贯赫曦。

身献航天酬壮志，梦萦星弹奉佳时。

神州柱栋乾坤振，科学强音唤睡狮。

【作者简介】项天光，浙江省宁海县科技园区私营业主。

【出处】上海交通大学钱学森研究中心纪念钱学森诞辰105周年诗词征集活动应征作品。

钱老对我的党性教诲

肖琚

遥忆一九六五年，立志三线于北黔，放下专业爱，修路盖房忙无闲。

只缘力学故，

残纸拜师贤，

钱老工笔笺，

友情送忠言：

理论的力学，

与工程有间，

机会可以看，

眼前莫等闲。

组织分配事，

必当要务先，

先辈从戎记，

国运为当前。

【作者简介】肖琚，曾任国防部第五研究院二分院061基地（遵义）405工地筹建处党委秘书，上海机电二局22所（后为上海航天局803所）一室计算组计算机软件及仿真高级工程师。

【出处】上海交通大学钱学森研究中心纪念钱学森诞辰105周年诗词征集活动应征作品。

钱学森

肖士中

熠熠精英一代人，安平乐道用经纶。

西风不及东风暖，异国何如故国亲。

在有难时来奉献，于无怨处见精神。

纯真学士轻名利，科技风光无限春。

【作者简介】肖士中，中国电力诗词学会中南院分会秘书长，湖南诗词协会会员，长沙市诗词协会会员，湖南省老干部诗词协会理事。

【出处】欧阳鹤主编：《电力诗词——庆祝中国电力诗词学会成立十周年专辑》，中国文史出版社，2005 年。

悼中国航天之父钱学森

谢如剑

泛舟留美凌云志，返国艰难赤子心。

开创航天兴伟业，无私奉献荡宏音。

五洲四海声威震，两弹一星众望钦。

遽赴天宫昭日月，千秋彪炳史书吟。

【作者简介】谢如剑，中国新闻社广东分社特约记者。广东省民俗学会会员，梅州市新闻工作者协会会员，梅州市作家协会会员。著有《笑剑集》《琴剑集》《文剑集》《虹剑集》《梅剑集》《大埔客家民俗》等。

【出处】谢如剑著：《星剑集》，香港天马有限公司，2011 年。

悼钱学森（二首）

辛晴好

一

漂洋过海觅真知，冲破万难游子归。

不为千辛图强国，导弹之父名已成。

花俏不争三春晖，只为清香报人间。

质本洁来终洁去，万里银雪送归人。

二

既有梅花满身香，更有飞雪万分白。

洁来杰去循天地，人间美名万年传！

【作者简介】辛晴好，中国皇宇集团职员。

【出处】来自网络，网址：http://tieba.baidu.com/p/663202691

悼人民科学家钱学森（三首）

熊炬

一

华夏脊梁民族魂，高风亮节钱学森。

留洋未恋金山富，报国岂嫌黄土贫。

弃掷美军上校帽，还穿汉装中山襟。

回归紧握毛周手，肝胆照人见赤心。

二

博士"姓钱不爱钱"，鄙沽名利厌当官。

披星戴月走沙漠，沥血呕心搞科研。

火箭飞行千百里，卫星直上九重天。

金瓯巩固盾牌护，赢得和平建设年。

三

建国初期拓大荒，当年艰苦最难忘。

半生潜在小棚里，几度亲临实验场。

两弹一星创伟绩，千秋万世姓名香。

庶民称赞"航天父"，领袖褒扬"火箭王"。

无名英雄千百万，山花烂漫播芬芳。

【作者简介】熊炬，重庆出版社编辑，重庆市曲艺团创作组长、调研员。 重庆市曲艺家协会副主席，重庆市市文联委员。 中国诗歌学会、中华诗词学会、中国民间文艺家协会、中国曲艺家协会会员，重庆市作家协会、剧作家协会、文艺评论家协会会员。著有《熊炬诗词曲联集》《海之歌》《熊炬新诗选》《熊炬文集》《春芝姑娘》《白雪红英》《旅美诗钞》等。

【出处】《中华魂》2009 年第 12 期，第 66 页。

沉痛悼念钱学森逝世

熊良鉎

哲人跨鹤百年归,秋色秋声举世悲。

交大麻加[1]留圣迹,航天火箭显神威。

忠贞报国宏图展,淡泊轻名青史垂。

九不[2]一鸣惊宇宙,功齐星月永生辉。

【作者注】

1. "交大麻加",指上海交通大学、美国麻省理工学院和加州理工学院。 1934 年钱学森毕业于上海交通大学,1935 年赴美国麻省理工学院留学,翌年获硕士学位,后入加州理工学院,从事应用力学和火箭导弹研究,成为享誉世界的美国科学家冯·卡门的杰出门生。

2. "九不": 九个 "不"字。 钱学森终生崇尚科学,淡泊名利: 不忘祖,不爱钱,不题词,不兼任虚职,不私用公车,不参加鉴定会,不接受特殊照顾,不写个人回忆录,不屑读颂扬自己的文字。

【作者简介】熊良鉎,湖北省十堰市第一中学退休教师。

【出处】熊良鉎著:《清醒斋诗词》,九州出版社,2009 年。

古韵新风

139

悼钱学森老

熊林清

忆昔钱老归国事，樊槛五年情倍痴。

铸剑拓荒倾鼎力，问天奔月有先师。

风清云淡利名外，望众德崇天地思。

仰止高山哀复痛，后来晚辈勉承之。

【作者简介】熊林清，重庆市奉节县新民镇长鹏中学教师。 诗作散见于《诗刊》《诗潮》《星河诗刊》《淮风》《新诗》《山东诗人》《天津诗人》《中国诗歌》《红岩》等。

【出处】来自网络，网址：http://blog.sina.com.cn/s/profile_1829406160.html

悼钱老

徐维霖

巨星陨落雷轰顶，闻讯山河涕泪垂。

斗狗雄师真铁汉，航天智父大丰碑。

挺身笔落千军溃，铸剑眉扬万马追。

浩瀚深空君可累，一腔豪气载歌飞。

【作者简介】徐维霖，四川省原雅安地区计委（今雅安市发展和改革委员会）工作人员。

【出处】《晚霞》2010 年第 1 期，第 43 页。

有感于胡总书记看望钱学森

徐学成

胡总书记看钱老，送上花篮姹紫红。

冲破阻力回祖国，社会主义把关攻。

航天事业创伟业，两弹一星立勋功。

学识渊博品高尚，培养帅才硕果丰。

系统工程受教益，科学统筹记心中。

治理沙漠点子好，沙生植物绿融融。

马列哲学作指导，科学发展心向荣。

自力更生搞科技，优良传统意无穷。

【作者简介】徐学成，湖南省沅陵县坪镇高桥村人，现在广东东莞创业。

【出处】徐学成著：《学步集》，中国文化传播出版社，2010 年。

观电视纪录片《钱学森》有感

闫青

仆仆风尘赤子心，如鱼得水报国门。

科研理论惊欧美，学术文章惠子孙。

两弹一星凝厚爱，九州万众记奇勋。

耄耋犹念贤才任，强我中华世界尊！

【作者简介】闫青，江苏宿迁人，自由职业者，现居新疆。

【出处】《中华诗词》2011 年第 2 期，第 29 页。

悼钱学森先生

颜秉松

大师乘鹤去,闻讯众心沉。

学养传承广,智谋筹运深。

留洋名彼岸,报国信如今。

肝胆银河闪,远离仍有音。

【作者简介】颜秉松,江苏省东海县诗词楹联协会会员。

【出处】《诗词月刊》2010年第9期,第62页。

沉痛悼念科学巨星钱学森（三首）

羊淇

一

"两弹一星"功绩存，创新系统有宏论。

诸方科技并研发，睿智前瞻举国尊。

二

哲理尊崇马克思，当今科学补为之。

中华文化予丰富，发展创新有所持。

三

为国为民勤奉献，毕生探索在求真。

士林表率高风在，永世楷模励后人。

【作者简介】羊淇，常州市第二中学原校长。历任江苏省诗词协会常务理事、江苏省诗词学会副会长等职。著有诗文集《菱溪诗稿》《菱溪文稿》等。

【出处】羊淇著：《菱溪诗稿》，中国文联出版社，2010年。

钱学森名垂千古

——看《五星红旗迎风飘扬》电视剧有感

杨孝冠

五年软禁苦难言,红心似火意志坚。

国人施救巧安排,回国宏愿终实现。

会同战友有百千,废寝忘食齐奋战。

两弹一星震寰宇,为国作出大贡献。

中国杰出科学家,名扬四海万代传。

【作者注】看《五星红旗迎风飘扬》电视剧,知悉国务院、中央军委授予钱学森"国家杰出贡献科学家"荣誉称号和一级英雄模范奖章,中共中央、国务院、中央军委授予钱学森"两弹一星功勋奖章",特作此诗。

【作者简介】杨孝冠,历任中共陕西省石泉县委宣传部部长,石泉县文化教育局局长,中共石泉县委党校校长、书记等职。

【出处】杨孝冠著:《杨孝冠诗集》,上海社会科学院出版社,2012 年。

吴刚三笑胜五师

杨选兴

水墨丹青铜管乐，竹马红叶春蚕丝。

火眼金睛透迷雾，灵感顿悟源巧思。

天书一上忙十载，吴刚三笑胜五师。

导弹卫星原子弹，惊世火箭蘑菇狮。

【作者简介】杨选兴，广东电力发展股份有限公司副总经理，高级审计师。 著有诗集《杨选兴新古体诗选》《杨选兴新古体诗选》等。

【出处】来自网络，网址：http://zonghe.17xie.com/book/10551799/126199088.html

跟著名科学家钱学森学审美

杨选兴

西山枫叶红似火

西山枫叶红似火,东海丝帕绿如莲。

飞向太空追梦想,回归祖国费周旋。

神箭发射原子弹,卫星穿越艳阳天。

蘑菇云里结硕果,戈壁滩上绽幽兰。

如虎添翼超音速

热血澎湃发动力,激情燃烧点航灯。

如虎添翼超音速,似马行空胜风筝。

喷气飞机穿云海,跨洲导弹踏征程。

嫦娥奔月乘火箭,神舟问天攀险峰。

【出处】杨选兴著:《杨选兴审美诗选》,中国文联出版社,2013 年。

悼钱学森

杨学军

大将无衔品自珍,桑田难舍拓荒人。

灵前双弹如碑立,天际神舟写祭文。

【作者简介】杨学军,江苏省宿迁市政协文史和学习委员会主任。 江苏省作家协会会员,江苏省诗词协会常务理事,宿迁市诗词协会会长。 诗作散见于《人民日报》《解放军报》《光明日报》《解放军文艺》《诗刊》《词刊》《中国韵文学刊》《中华诗词》《扬子江诗刊》等。 著有诗词集《三岁集》。

【出处】《扬子江诗刊》2010 年第 2 期,第 50 页。

钱学森颂（三首）

尹同太

一

五十年前初谋面[1]，众夸爱国志贞坚。

高薪不动回乡愿，冲破千难始梦圆。

二

风范人人尊榜样，艰苦朴素不爱钱。

深入浅出讲科学，平易近人多笑颜。

三

若谷虚怀重真理，学生卓见更心欢。

与时奋进航天父，探索星球美誉传。

【作者注】1. 笔者在 1959 年国庆前夕，从济南军区调国防部第五研究院一分院工作。 当时钱学森同志任五院院长，兼一分院院长。 笔者亲耳听过他几次讲话。

【作者简介】尹同太，军旅诗人，中华诗词学会会员。

【出处】《中华魂》2010 年第 3 期，第 63 页。

吊钱学森

友文

早有伟人论定评，一身强似五师兵。

当君北美思归返，正我中华欲振兴。

两弹一星出大漠，五洲四海滚雷声。

能圆千载飞天梦，无憾百年今远行。

【作者简介】友文，现居湖南长沙，在政府机关工作。

【出处】《诗词月刊》2011 年第 3 期，第 39 页。

忆钱学森

余德浩

归心不惧大洋深，祖国接来钱学森。

火箭腾空惊世界，中华定海有神针。

【作者简介】余德浩，中国科学院数学与系统科学研究院研究员、博士生导师，国际欧亚科学院院士。 中华诗词学会会员，北京诗词学会会员，中关村诗社常务副社长。 历任中国科学院计算数学研究所副所长、中国计算数学学会副理事长、全国数学名词审定委员会副主任等职，《计算数学》等多份学术刊物编委，多所大学兼职教授。在国内外发表学术论文 120 余篇，出版中英文专著 3 部。 曾获中国科学院自然科学一等奖、国家自然科学二等奖等。 曾获"作出突出贡献的中国博士学位获得者""国家级有突出贡献专家"等荣誉称号，享受政府特殊津贴。 从事诗词创作 50 余年，撰有诗作800 余首，著有《余德浩诗词集》。

【出处】"科学精神与中国精神"大赛组委会编：《赞美，以科学之名》，浙江教育出版社，2016 年。

赞钱学森

虞天石

冲天一啸老天惊，回顾世间多不平。

杰出人才民所望，超群气概士为倾。

国荣总比身荣好，言大何为志大诚。

三十余年关山月，满腔热血洒榛荆。

【作者简介】虞天石（1916—1998），历任最高人民法院华东分院编纂室主任、上海市人民法院民庭庭长等职。

【出处】宁波市新四军研究会、宁波市新四军研究会镇海区分会、慈溪市新四军研究会编：《天石诗选》，中共党史出版社，2000 年。

祝贺钱学森荣获"国家杰出贡献科学家"荣誉称号和一级英雄模范奖章

在京交通大学 1934 级级友

贡献英模双杰出，神州科技百花开。

平生激动曾三次，今日光荣又一回。

为国为民尤为党，多功多德更多才。

京华同学信文讯，再寄联名贺信来。

【编者注】为表彰钱学森为祖国科技事业的发展所作出的卓越贡献，1991 年 10 月 16 日，国务院、中央军委授予他"国家杰出贡献科学家"荣誉称号，中央军委授予他一级英雄模范奖章。 欣闻这一喜讯，工作和生活在北京的交通大学 1934 级级友遂创作此诗，向钱学森表示祝贺。

【出处】上海交通大学钱学森图书馆馆藏。

赞"中国导弹之王"钱学森

（藏头诗）

张长松

钱可通神不一般，

学界泰斗芳名传。

森罗万象苦探索，

很能办事善攻关。

忠贞不渝爱中华，

于民润社造导弹。

祖舜宗尧立为本，

国防建设谱新篇。

【作者简介】张长松，贵州大学法律系副教授（已退休）。 贵州诗词学会会员，香港海隅诗词研究会顾问。

【出处】上海交通大学钱学森图书馆馆藏。

贺钱学森九十五华诞

张帆

四季春为先，五福寿为首。

风送吉祥玉，花开富贵来。

【作者简介】张帆，中央音乐学院研究员，与钱学森在学术上常相过从。

【出处】上海交通大学钱学森图书馆馆藏。

观钱学森、朱光亚为均匀设计做实事的批示公文

张建舟

立论正确已传播,效益显著结硕果。

可惜国内未报道,难以推广待伯乐。

学森光亚观内参[1],赞赏中国创新说。

热爱中华报祖国,喜欢科技成就多。

只干实事众人服,盛名早入凌烟阁。

【作者注】1. 内参,指科技日报社编辑的内部报道《科技内参》。 1993 年该刊第50期详细报道了在航天三院举办的均匀设计法培训班上的采访报道。 钱学森、朱光亚在批示中写道:"要支持,多干实事。"笔者在国防科工委看了他们的批示原文和机关的批文后,很受教育。

【作者简介】张建舟,航天三院三部一室弹道控制组高级工程师。

怀念钱学森

张建舟

乾中校庆[1]观新闻，京城仙逝钱学森。

初闻惊愕难置信，规律难违巨星陨。

心系中华真勤奋，远见卓识钻研深。

名著世界都用引，两弹一星[2]扭乾坤。

【作者注】

1. "乾中校庆"，指陕西省乾县中学建校 70 周年校庆。 2009 年 10 月 28 日，我在故乡参加母校乾县中学建校 70 周年校庆，尚未回到北京，后在西安观看新闻联播时得知一代科学巨擘钱学森逝世的消息，哀叹世间规律难以违抗，此前曾多次期盼钱学森至少活过百岁！

2. "两弹一星"为中国人民争了气，进一步奠定了中国的强国地位和世界新格局。

【出处】航天三院老科协编：《悼念钱学森专辑》（科技趣谈总第 5 期），2009 年 12 月 11 日。

怀念钱学森大师

张建舟

学森楷模记心间,不知不觉数十年。

珍惜光阴做好事,三省吾身顺自然。

前赴后继有先贤,我辈攻坚不畏难。

强国需要踏实干,和平还需真神剑!

【出处】2011 年 12 月 6 日《中国航天报》,原题名《怀念钱老》。

钱学森

张敬杰

两弹一星惊美俄,丰碑屹立自巍峨。

辉煌璀璨人生路,写就铿锵爱国歌。

【作者简介】张敬杰,黑龙江哈尔滨人。

【出处】上海交通大学钱学森研究中心纪念钱学森诞辰 105 周年诗词征集活动应征作品。

古韵新风

155

咏钱学森

张亮

赤子之心安可赊？鞠躬尽瘁为中华。

曾经冬雪潜生叶，才沐春风便绽花。

两弹元勋名赫赫，一星技术顶呱呱。

高风亮节千秋颂，不愧人民科学家。

【作者简介】张亮，四川射洪人，著有《我爱大自然》《锦囊英语妙计》等。

【出处】上海交通大学钱学森研究中心纪念钱学森诞辰 105 周年诗词征集活动应征作品。

钱学森之问

张鸣举

犹记当年教诲辞，春风如缕至今思。

情怀大梦归来日，矢志长天许国时。

绝世才华人罕见，辉煌功业史传奇。

老来尤发钱氏问，一语深谋千古知。

【作者注】1965 年春夏之交，钱老来我所视察工作，笔者有幸聆听了他的教诲。

【作者简介】张鸣举，工程师。历任航天三院 310 研究所副所长、党委副书记等职。著有中短篇小说集《弃老》《自乐堂诗词文稿》等。

【出处】上海交通大学钱学森研究中心纪念钱学森诞辰 105 周年诗词征集活动应征作品。

沉痛悼念伟大科学家钱学森

张培国

美域蒙羞冷对顽，回乡报国志弥坚。

卧薪求剑航天梦，破壁腾龙绕月圆。

制霸维和强砥柱，扬眉吐气拥尊严。

忠贞不负铮铮骨，赤子声威震宇环。

【作者简介】张培国，湖北省红安县原人大主任，洪安县铜锣诗社原社长。

【出处】《东坡赤壁诗词》2010 年第 2 期，第 48 页。

钱学森

张鹏

浩浩英雄气，拳拳华夏心。

五年归故里，十载创新寻。

国防事堪举，航天力可任。

功勋星与弹，时代奏强音。

【作者简介】张鹏，河南省焦作市山阳区艺新街道办事处职工。

【出处】上海交通大学钱学森研究中心纪念钱学森诞辰 105 周年诗词征集活动应征作品。

怀念钱学森

张鹏飞

深秋寒雪动天悲,悼念钱公众泪垂。

少小胸怀兴国志,当年留美抗争归。

领军开拓巡天宇,思虑超前播曙晖。

沐雨登高临绝顶,郡山何奈叹丰碑。

【作者简介】张鹏飞,少将。 历任国防科委政治部秘书长,国防科技大学政治部主任、副政委,总装备部政治部副主任等职。

【出处】《神剑》2010 年第 2 期,第 142 页。

悼科学巨擘钱学森

张清正

五载归国路,十年星弹腾。

航天尊父辈,科苑誉先行。

功业泰山重,利名鸿羽轻。

大师风范树,德艺耸高峰。

【作者简介】张清正,高级讲师。 历任山东省曹县师范学校校长、正县级调研。山东省优秀教师,特级教师。 曾获曾宪梓教育基金会中师教师奖二等奖。 著有诗集《拾贝集》《浪花集》等。

【出处】《诗词月刊》2010 年第 1 期,第 72 页。

痛悼钱老

张庆力

秋温骤降雪纷纷，泰斗生终业尚存。

动力无穷缘智睿，射程任远自学深。

满怀科技兴邦志，双目天光探秘神。

两弹一星辟航路，人民永念奠基人。

【作者简介】张庆立，中华当代文学学会诗词协会会员。

【出处】《诗词月刊》2010 年第 4 期，第 21 页。

钱学森

张庆力

韶华已抵五师军，破浪归来集彦群。

动力无穷源碧血，射程有控仗精心。

星船变轨天更替，宇宙挥旗国振魂。

龙箭冲通复兴路，中华崛起有深根。

【出处】《诗词月刊》2011 年第 3 期，第 40 页。

听广播惊闻九十八寿科学巨匠钱学森逝世

张如旺

北京纷扬鹅毛雪，天地同悲吊巨星。

两弹一星壮国威，中华强盛立功勋。

【作者简介】张如旺，云南大理白族自治州人大常委会原副主任。

【出处】张如旺著：《寸草心》，云南民族出版社，2009年。

钱学森

——感动中国人物

张绍民

珠峰顶上大旗飘，足使炎黄万古豪。

两弹一星惊世路，奠基宇宙再攀高。

【编者注】题名为编者所拟。

【作者简介】张绍民，湖南益阳人，青年作家，著有《金刚经的帮助》《坛经的智慧人生》《茶经可以这样读》《易经的人生奥秘》《刀王的盛宴》等。

【出处】来自网络（中华诗词论坛），网址：http://bbs.zhsc.net/thread－1016966－

1－1.html

敬悼航天之父

——钱学森

张授桥

惊闻哀乐确悲酸,星弹大师竟赴仙。

攻读博研离海去,学成科技载誉还。

出洋名利轻如羽,爱国情怀重似山。

发展航天心沥血,光辉业绩照人间。

【作者简介】张授桥,中学一级教师。历任江苏省宝应县小官庄中学校长、党支部书记等职。

【出处】江苏省东海诗词楹联协会编:《东海诗词》2009 年会刊。

怀念钱学森教授（三首）

张铜成

一

噩耗一闻心悲恸，大雪纷飞泪朦朦。

风华正茂立壮志，峥嵘岁月攀高峰。

倚天之剑指苍穹，千年梦想振翅腾。

长揖再拜瞻慈容，灵山仙游佛祖等。

二

应用力学创奇法，上下临界马赫数。

火箭飞机核动力，天地往返扬碧波。

工程控制先驱者，物理力学探稀薄。

社会系统亦同理，三种形态莫偏颇。

人工智能学术乱，思维科学启示多。

现代科学新体系，系统理论结硕果。

三

百年光阴苦不多，一生万一青史说。

激情满怀勤耕耘，丹心一片献祖国。

无怨无悔蓬莱去，有情有义撼魂魄。

唯有教育忧心忡，亟盼宗师不寂寞。

【作者简介】张铜成，江苏省沛县科技局副局长。

【出处】来自网络，网址：http://blog.sina.com.cn/s/blog_62dad4ec0100g8cs.html

钱学森

——国家杰出贡献科学家

张统邦

因为"我是中国人"[1]，海外赤子报国心。

冲破惊涛[2]回怀抱，一腔热血献人民。

"三星规划"[3]开新宇，火箭击落强霸魂。

"导弹之父"享美誉，中国从此跻强林。

【作者注】

1. "我是中国人"：钱学森从小就十分爱国，为了报效祖国，他决定留学美国。20 年之后，新中国成立，他要求回国。美国政府为了阻止他回国，使尽种种手段想打消他回国的念头。钱学森不惧威胁和利诱，对友人说："我是中国人，我可以放弃这里（美国）的一切，但决不能放弃我的祖国。"

2. "冲破惊涛"：1950 年，钱学森遭到美国司法部的无理逮捕。这位海外赤子，孤身一人，面对强大的美国反动势力，不仅没有屈服，反而表现得如此勇敢和无畏。就连美国的新闻记者都惊呼："被审讯的不是钱学森，而是检察官！"1955 年，经过多番磨难，钱学森终于回到了祖国。

3. "三星规划"：1968 年，钱学森担任中国空间技术研究院院长。此时，我国的卫星事业正面临着卫星研制与应用如何发展的战略问题。钱学森明确提出："第一能上去，第二能回来，第三占领同步轨道"的技术发展步骤，后来被称作"三星规划"。

【作者简介】张统邦，河北省作家协会会员，著有《张统邦诗文·行吟集》《张统邦诗文·读史杂咏》《太行放歌》等。

【出处】张统邦著：《太行放歌》，作家出版社，2011 年。

永远怀念人民科学家钱学森

张文台

历经磨难为回归,忠心赤胆永不悔。

两弹一星建奇功,系统智慧壮国威。

嫦娥绕月圆梦想,天宫行舟载人飞。

千秋万代留美誉,浩瀚宇宙中华碑。

【作者简介】张文台,解放军原总后勤部政委,上将。

【出处】作者为本诗集出版而作。

钱学森

张玉辉

远涉重洋转折回,献身祖国报春晖。

高新科技从兹始,两弹一星次第飞。

【作者简介】张玉辉,湖南新化人,中学高级教师。 中华诗词学会会员,湖南诗词协会会员,湖南省冷水江市波月诗社副社长。 著有《梅竹轩吟草》《梅竹轩诗文选》等。

【出处】张玉辉著:《梅竹轩诗文选》,天马图书出版有限公司,2009 年 9 月。

贺钱学森同志 80 岁寿辰

张蕴钰

八十寿星座，文思叠光年。

珠璧嵌祖国，冰清透肝胆。

【作者简介】张蕴钰（1917—2008），少将。历任原沈阳军区司令部副参谋长、原国防科委副主任兼核试验基地司令员、原国防科委副主任兼司令部参谋长、原国防科工委副主任等职。

【出处】张蕴钰著：《初征路》，国防工业出版社，1996 年。

钱学森

张志坤

苏武情怀关羽心，终生未改是丹忱。

航天技术攀星月，核弹威名胜古今。

满腹经纶唯效国，一身骨气可流金。

高科幸有君垂范，又听神舟传福音。

【作者简介】张志坤，退休干部。湖南省麻阳县长河诗联协会副会长，《长河诗联》杂志责任主编，湖南省诗词学会会员，香港诗词学会会员。

【出处】上海交通大学钱学森研究中心纪念钱学森诞辰 105 周年诗词征集活动应征作品。

忆学长钱学森

——写在钱学森诞辰 105 周年之际

赵建才

辛亥风云摧帝制，吴越之后降人间。

求学交大露锋芒，远渡重洋师卡门。

航天动力出真谛，独树一帜抵五师。

百废待兴踏征程，两弹一星建功勋。

钱老之问惊吾辈，大师辈出待何时？

一生轨迹展钱图，匠心逐梦献青春。

【作者简介】赵建才，浙江宁波建新赵氏集团有限公司研发中心高级经理，博士。

【出处】作者为本诗集出版所作。

钱学森赞（二首）

赵景毅

一

爱心满腹志回迁，国事于胸毅力坚。

奉命谋筹"研所"建[1]，献识起草"见书"篇[2]。

求实忘我承艰担，真率宽人沥肝胆。

剑举中华圆梦业，新军箭剑戍江山。

【作者注】

1. "'研所'建"，指钱学森筹建中国科学院力学研究所。

2. "'见书'篇"，指钱学森起草《建立我国国防航空工业意见书》。

二

德行双馨楷模先，馨伴航天几代传。

品貌兼优学问首，高歌猛进报国拳。

大方有储无私献，家蓄无存有益捐。

风起云涌发展路，范之榜样献航天。

【作者简介】赵景毅，中国航天科技集团第六研究院 601 研究所（呼和浩特）职员。

【出处】上海交通大学钱学森研究中心纪念钱学森诞辰 105 周年诗词征集活动应征作品。

钱学森咏

赵力纪

实力堪当五个师，荣华抛弃恨归迟。

长空龙影千年愿，大漠孤烟万里诗。

科学树标呈灿烂，航天拓路创雄奇。

月宫叩问嫦娥好，料得先生早已知。

【作者简介】赵力纪，新疆乌鲁木齐市北京南路商贸经济学校教师。

【出处】上海交通大学钱学森研究中心纪念钱学森诞辰 105 周年诗词征集活动应征作品。

钱学森颂

赵文华

赤子情怀岁月磨，精光瞄准大银河。

东方擂响强军鼓，北斗聆听挺脊歌。

两弹挟雷穿宇宙，一星裹电会嫦娥。

时空穿越敢称父，举国无忧唱共和。

【作者简介】赵文华，辽宁省建平县博爱学校副校长。中国楹联学会会员，辽宁省诗词学会会员，建平县诗词学会副主席，建平县楹联学会副主席。

【出处】上海交通大学钱学森研究中心纪念钱学森诞辰 105 周年诗词征集活动应征作品。

钱学森

赵英奇

纵观华夏五千年，感动神州数圣贤。

两弹惊天功德颂，一星震宇盛名传。

大千世界胸中纳，冷暖乾坤腑内牵。

赤子忠贞回故里，毕生壮写爱国篇。

【编者注】该诗作原系作者为纪念钱学森而创作（书画作品），并于 2014 年通过钱学森原秘书顾吉环大校代为捐赠给上海交通大学钱学森图书馆。

【作者简介】赵英奇，曾任原沈阳军区抗敌话剧团创作组创作员、解放军总后勤部基建营房部助理。中国国际书画研究院研究员，中国硬笔书法协会会员，中国戏剧家协会会员。

【出处】上海交通大学钱学森图书馆馆藏。

怀念钱学森同志

赵勇

过海漂洋故土牵，甘将热血付新天。

一星两弹英雄志，万水千山梦想篇。

爱国长教心在国，姓钱不使己迷钱。

今朝事业思前辈，奋力当追世界先。

【作者简介】赵勇，湖北省襄阳市襄州区某工艺公司职工，从事策划工作。

【出处】上海交通大学钱学森研究中心纪念钱学森诞辰 105 周年诗词征集活动应征作品。

钱学森

赵友琴

晚年钱老志云霄，认定中医为于瑶。

学说求新确不易，引推三论起狂潮。[1]

【作者注】1. 人体是一个随时随地和外界作信息和物质交换的巨系统。 中医看病理念与现代前沿科学的系统论、信息论、控制论原理是相通的。 钱老对中医理论的探讨带动了一大批科学家相信、热爱和研究中医。

【作者简介】赵友琴，上海中医药大学退休教师。

【出处】2011 年 11 月 3 日《上海中医大报》。

挽钱学森先生

郑威

北国传哀讯，中流砥柱摧。

科坛悲泰斗，宇宙暗星辉。

四不成遗训，一生足永垂。

归心何太急，应是解天危。

【作者简介】郑威，江苏省诗词学会会员，江苏省江南诗词学会会员，连云港市诗词协会会员，连云港市毛泽东诗词研究会副秘书长，灌云诗社副理事长。

【出处】江苏省东海诗词楹联协会编：《东海诗词》2009 年会刊。

忠神学森

（藏头诗）

郑泽宇

忠心爱国永求真，神力航天勇创新。

学贯中西勤奉献，森通今古为人民。

【作者简介】郑泽宇，湖北省荆州市科技情报研究所科长，高级工程师。 中国楹联学会会员，湖北省诗词学会会员。 历任湖北省楹联学会理事、常务理事，沙市市诗词学会副秘书长，楹联学会副会长兼秘书长，荆沙市楹联家协会主席，荆州市楹联学会副会长。

【出处】上海交通大学钱学森研究中心纪念钱学森诞辰 105 周年诗词征集活动应征作品。

赠钱学森老先生

——承办 2008·民盟北方生态论坛有感（二首）

中国民主同盟鄂尔多斯委员会

一

人生易老天难老,功勋卓著世人晓。

德科双馨堪楷模,百岁犹健真国宝。

二

人生易老天难老,功勋卓著世人晓。

鄂市沙业兴旺日,举国共祝钱翁好。

【编者注】2008 年 9 月 1 日至 3 日,由民盟北方生态园建设领导小组和民盟内蒙古自治区委员会主办、民盟鄂尔多斯市委承办的 2008·民盟北方生态论坛在鄂尔多斯市举行。 这两首诗是民盟鄂尔多斯委员会为第六次产业革命理论的创立者钱学森而作。

【出处】上海交通大学钱学森图书馆馆藏。

悼卓越科学家钱学森

（马来西亚） 钟临杰

两弹轻烟缀渺冥，一星壮乐奏天庭。

丹心赤子酬宏愿，伟列丰功照汗青。

附： 友人奉和诗

杨天雄

搜书截典情何憾，百劫难移爱国心。

星弹空腾惊世俗，终流热力向高吟。

【作者简介】钟临杰，1939 年出生于马来亚吉打州，1958 年进入新加坡南洋大学历史地理学系就读，1961 年获文学学士学位。 大学毕业后曾在侨民中学任教，1967 年进入新西兰威灵顿维多利亚大学深造。 1970 年在南洋大学担任地理学系任讲师。 1977 年前往英国伦敦大学深造，1979 年获博士学位。 著有《松园诗集》。

【出处】钟临杰著：《松园诗集》，新加坡，2011 年。

古韵新风

173

钱学森精神万世传

（藏头诗）

钟钊新

钱难买那中国心，

学精为筑强国梦。

森严壁垒难阻挡，

精诚迈步两弹星。

神州处处报春晖，

万家灯火颂国强。

世代努力添砖瓦，

传家宝是爱国心。

【作者简介】钟钊新，中国科技大学近代力学系第一届毕业生，师从系主任钱学森，学习高速空气动力学。

【出处】作者为本诗集出版所作。

闻钱学森逝世

周济夫

眩目秋星坠落时，浮槎亲驾探瑶池。

传神一喻毛皮论，报国功成或有思。

【作者简介】周济夫，《海南日报》副刊部副主任。 中华诗词学会理事，海南诗词学会副会长兼秘书长。 著有诗集《石竹斋集》《济夫诗词抄》《石竹斋续集》《椰荫诗话》《琼台小札》《苏轼谪琼诗选注》《琼州杂事诗补注》等。

【出处】《岷峨诗稿》2010年第3期，第74—75页。

缅怀钱学森

周锦章

惊闻禹甸荡春晖，赤子之心插翅飞。

反哺真情岂可没，义无反顾破冰归。

精诚报国显神威，科技攻关擎大麾。

两弹一星频告捷，航天之父誉声蜚。

【作者简介】周锦章，云南省腾冲市第四中学退休教师。

【出处】《诗词月刊》2010 年第 7 期，第 17 页。

悼钱老

周立昇

高天滚滚地昏昏，万类凄凄送瑞人。

白鹤悲鸣恒遁去，卫星奔月慰忠魂。

哀啼稽首躬身祭，垂泪双腮留遗痕。

极目西天安乐处，浩然正气万年存。

【作者简介】周立昇，山东大学教授。曾任山东省哲学学会顾问、山东省周易学会名誉会长、山东省孔子学会常务理事、山东省社科联联委员、国际易学联合会顾问等。

【出处】周立昇著：《周立昇文集·诗词录》，山东大学出版社，2015 年。

火箭专家钱学森

周明扬

匹夫可抵五师兵，科技巅峰一巨人。

眼看太空奇世界，胸怀祖国大家庭。

工程控制超前辈，力学钻研启后生。

揽月九天豪气在，卫星腾起五洲惊。

【作者简介】周明扬，四川省达川地区万福钢铁厂退休干部。 重庆诗词学会会员，永川诗词学会秘书长。

【出处】朱宝全主编：《中华新韵吟萃》，中国华侨出版社，1997 年。

怀念钱学森

周维平

图报国归东，乾坤览学崇。

卫星游大地，神箭绕穿穹。

戈壁平生智，泉城举世雄。

鞠躬含笑去，丰硕盖奇功。

【作者简介】周维平，西安铁路局干部。 中华诗词学会会员，陕西省作家协会、诗词协会、民间文艺家协会会员。

【出处】来自网络（西部网·陕西新闻网），网址： http：//bbs.cnwest.com/thread－611762－1－1.html？COLLCC＝253376524&

钱学森为治沙献策

周彦文

两弹一星君给翅，沙区治理绿开航。

艳阳光射多藏用，洪水泉流不白扬。

纵览风云开眼界，探寻戈壁构华章。

用心良苦感天地，西北从今添绿装。

【作者简介】周彦文，原内蒙古自治区新闻出版局局长、内蒙古自治区诗词协会名誉会长。 著有诗集《神的花园——诗词鄂尔多斯》。

【出处】《诗词月刊》2011 年第 5 期，第 9 页。 另见：《神的花园——诗词鄂尔多斯》，东方出版社，2014 年。

钱老让我们重新认识沙漠

周彦文

沙漠原来非不祥，也能妙手变银仓。

纤纤植物旱生贵，脉脉水源日照长。

千里风光无污染，万寻花海有芬芳。

梧桐暂且未繁茂，也可招来金凤凰。

【出处】来自网络，网址：http://blog.sina.com.cn/s/blog_679b93e90100m105.html

敬贺钱学森蒋英二老

周肇基　韦璧瑜

频频惠书七年整，殷殷教诲情谊深。

聆听欢谈感肺腑，振奋精神育新人。

【编者注】

1. 此为周肇基、韦璧瑜夫妇 2006 年 12 月 12 日写给钱学森 95 岁生日贺卡的内容。

2. 编者略有改动。

【作者简介】周肇基，华南农业大学教授，与钱学森在学术上常相过从。

【出处】上海交通大学钱学森图书馆馆藏。

悼钱学森先生

邹卫平

科星雪信赴琼台，物理高穹大境开。

仗箭家国真赤子，勋殊但为报恩来。

【作者简介】邹卫平，济南市原副市长，济南市文联原主席。中国李清照辛弃疾学会副会长，济南市文艺评论家协会名誉主席，山东省书法家协会理事。

【出处】《当代小说（下）》2010 年第 6 期，第 77 页。

伟绩长存

朱广智

钱老诞辰盛世念，伟绩长存美名传。

海外探寻信念贞，报国壮志归来展。

国防航天开新宇，两弹一星史无前。

中华现代今崛起，壮观天地意超凡。

【作者简介】朱广智，中国航天科技集团四院 7414 厂退休职工。

【出处】上海交通大学钱学森研究中心纪念钱学森诞辰 105 周年诗词征集活动应征作品。

钱公千古流芳

朱厚烘

不修陵墓不修园，赫赫丰碑宇宙间。

一路含辛西域去，五师率勇九州还。

披肝沥胆报华夏，震古烁今扬酒泉。

恪尽忠诚强国力，人寰千古纪忠贤。

【作者简介】朱厚烘，江西省吉安市安监局老干部党支部书记，吉安市庐陵诗词学会副会长。

【出处】《诗词月刊》2010 年第 3 期，第 42 页。

记钱学森生在杭州

朱焕章

两弹一星听早熟,奠基谁是识初详。

原来幼饮钱江水,催我诗成咏故乡。

【作者简介】朱焕章,原杭州砖瓦厂退休职员。 浙江省诗词楹联学会会员,杭州市老干部诗词协会会员,杭州市萧山区诗词楹联学会会员。

【出处】《诗词月刊》2010 年第 5 期,第 76 页。

神舟巡天

朱焕章

老了森翁培了能,航天探月看谁赢。

嫦娥已与省亲约,不是神舟不起程。

【出处】《诗词月刊》2010 年第 5 期,第 77 页。

诚贺钱老八秩寿辰

朱润龙　朱怡怡

才获殊荣,又值华诞。

功勋盖世,福寿绵绵。

锦上着花,双喜并联。

千古盛事,人间美传。

【作者注】诚贺钱老八秩寿辰,晚润龙、怡怡顿首。

【作者简介】朱润龙、朱怡怡,均为上海交通大学出版社原编辑。

【出处】上海交通大学钱学森图书馆馆藏。

悼念钱学森

佚名

轻钱报国学如森,言为心声语动人。

巨星虽陨光犹在,辉耀后人名永存。

【出处】来自网络,网址: http://blog.sina.com.cn/s/blog_44f3bc2b0100hirp.html

悼钱老

佚名

生逢乱世志高远,报国求学出乡关。

远涉重洋觅真知,只因国弱与民艰。

历尽艰险终回还,呕心沥血造两弹。

此生惟愿常报国,英名永留天地间!

【出处】来自网络,网址:http://tieba.baidu.com/p/662947066

谁比学森赤子心

——观电影《钱学森》有感（三首）

佚名

一

谁比学森赤子心？满腔热血报国门。

雄才搏展东风[1]愿，壮志腾飞华夏民。

百岁人生怀大义，六十年月献忠魂。

一星两弹冲天起，五岳三山崛世尘。

【作者注】1."东风"，指东风系列导弹。

古韵新风

183

二

携妻抱梦远洋寻，智慧才真艺胜群。

留美学成忠义守，归国赢得世人尊。

情怀故土中华运，谁比学森赤子心？

大展宏图先路领，航天事业创高新。

三

乱世中华名气伸，航天泰斗建功勋。

追思浩宇循环路，战胜科峰无尽垠。

碧血三瓢磨一剑，忠肝一腹奉三军。

有才若问怀国志，谁比学森赤子心？

【出处】来自网络（中国散文网），网址：http://www.sanwen.net/subject/3867035/

纪念钱学森诞辰 100 周年

佚名

立志强国挽巨澜,功名淡看重尧天。

九篇专著[1]航空路,三百博文科普关。

一面旗帜横世纪,奠基航天启尖端。

巨星陨落难瞑目,悲叹黉门错爱钱!

【编者注】编者略有改动。

【作者注】1. "九篇专著",指钱学森在应用力学、喷气推进与航天技术、工程控制论、物理力学、系统工程、系统科学、思维科学、人体科学、科学技术体系与马克思主义哲学等九大学科领域的著述。

忆钱学森

佚名

学从名师后，异乡功勋就。

身在大洋岸，心系祖国忧。

胸怀报国志，归来兴神州。

科技载梦舟，几度风雨秋。

航天领潮头，百舸竞风流。

蘑菇腾祥云，卫星升宇宙。

火箭擎天立，导弹达五洲。

毕生为人民，著作等身厚。

生命如此重，名利何所求。

大师风范垂，世人仰慕久。

中华强国梦，多少代追求。

斯人虽已去，光芒照千秋。

古韵新风

185

【出处】来自网络（中国诗歌网），网址： http://www.zgshige.com/sg/gts/611723.shtml

哀钱学森

佚名

西风驾鹤渺云中，八方颔首五洲同。

千古巨人千载颂，万世先师万邦从。

修齐治平划经纬，火风地水任纵横。

道冲德著精图治，翰墨春秋华夏兴。

【出处】黄叶舟主编：《海舟诗会：中国海舟精典诗歌大展》2009 年第 9 期网刊，网址：http://hyezhou.blog.hexun.com/41500045_d.html

痛悼钱学森先生（二首）

佚名

一

冬临忽遇双寒流，钱老驾鹤红叶忧。

两弹一星还国志，科技兴邦老帅头。

山水城市兴世纪，天人和谐妙筹谋。

民族英雄中华魂，国葬痛悼缅不朽。

二

霜风轻抚寒秋月，菊花沉韵泣三江。

月圆今夕君不见，民心冰鉴尽人伤。

【出处】来自网络，网址：http://www.hy2x.com/webs/articleRead.aspx？ID＝2631

悼念钱学森

佚名

京城深秋雪花飘,百岁钱翁仰天笑。

名利视为身外物,科苑竖起新航标。

两弹惊怕倭寇胆,神舟追梦列千秋。

千年雪花飘云霄,再去九天举大纛。

【出处】来自网络,网址:http://blog.sina.com.cn/s/blog_5a3e5be80100fud2.html

钱学森

佚名

为国何必带吴钩,谁说书生不封侯?

两弹并立直腰杆,一星光耀照神州。

鞠躬九死犹未悔,尽瘁人知孺子牛。

功成岂用盖棺论,春风又绿柳梢头。

【出处】来自网络,网址:http://xsbbs.zymk.cn/forum.php?mod=viewthread&tid=
29091&page=1

惊闻我国航天之父钱学森逝世

佚名

噩耗传来不忍闻,菊花和泪祭君魂。

洋枪未肯屈虬干,故土情牵扎爱根。

两弹一星惊世界,五师^{1}四不^{2}胜昆仑。

毕生心血积财富,引领航天几代人。

【作者注】

1. "五师": 美国人说,钱学森一个人顶五个美国海军陆战师,宁可枪毙了钱学森,也不能放他回中国。 毛泽东主席则称,钱学森比五个师力量大多了。

2. "四不": 钱学森一生做人有四条原则: 不题词;不为人写序;不出席应景活动;不接受媒体采访。

【出处】来自网络（中华诗词论坛）,网址: http://bbs.zhsc.net/thread-549821-1-1.html

悼钱学森

佚名

钱塘江畔弄潮生,学者仙星分外明。

森郁航天开伟业,运筹动力创恢宏。

他乡可赐知音谊,故国全抛执着情。

九八年华今谢幕,青山流泪水悲声。

【出处】来自网络,网址: http://bbs.thx.gov.cn/forum.php? mod=viewthread&tid=109355

颂钱学森先生

——闻王立群称钱老为现世中国真正的大师有吟

佚名

较之四海智昏昏，美誉大师安足论。

南郭滥竽频凑数，孔方豪宅屡盈门。

人留万贯传儿女，尔树高风遗子孙。

两弹一星皆居事，先生自是国家魂。

【出处】来自网络，网址：https://zhidao.baidu.com/question/124509474.html

悼钱学森（二首）

佚名

一

汤汤海浪隔乡尘，遥望东方乔瑞新。

赤子忠心思报国，钟仪刚烈楚怀身。

冲天两弹群方怯，近月一星神境贫。

五十四年重九节，今秋驾鹤探仙亲！

二

一去仙踪随鹤尘，漫漫缟幔舞风新。

千林瑞鸟默哀日，万陌行人戴孝身。

地悼不周山柱折，天怜大国栋梁贫。

遥看华夏披素色，九月同悲为失亲！

【出处】来自网络（中华诗词网），网址：http：//bbs.zhsc.net/thread－549889－1－
1.html

钱学森

佚名

他乡富贵何所惜，归国艰难赤子行。

利器铸成清积弱，列强从此亦心惊。

哭钱学森

佚名

长江呜咽哭亡灵，泰山俯首送君行。

英才已去悲社稷，丹心长留照汗青。

只身堪敌万夫勇，两弹能称五洲雄。

人间恨无还魂草，难禁哀思如潮涌。

无　题

佚名

谁人倚天铸神剑,壮我华族万古魂。

试看青史留名处,千秋独照一学森。

【出处】来自网络，网址：http：//www.hy2x.com/webs/articleRead.aspx？ID＝2631

沉痛哀悼伟大的科学家钱学森（三首）

佚名

一

天公突变阴森森,巨星陨落雨淋淋。

科技奇才随风逝,噩耗传来世界惊。

二

浩瀚长空捷足登,大千宇宙智慧行。

霜鬓不坠青云志,嫦娥奔月树豪情。

三

长江呜咽泪纵横,黄河咆哮悲泣鸣。

海归泰斗驾鹤去,英名永垂容长存。

古韵新风

191

【出处】来自网络（新浪论坛·诗歌论坛），网址：http：//club.history.sina.com.cn/
thread－1763011－1－1.html

吊钱学森先生

佚名

2009年11月1日,忽闻科学巨擘钱学森先生与世长辞,百感交集,遂作此诗聊表追思。

十月秋黄叶满天,巨人远走恸人间。

当年[1]字字镌十亿[2],泪雨潇潇落九天。

忠骨岂能趋万贯[3],匹夫何惧走烽烟。

而今忠魂人间颂,犹见依稀赤胆还。

【作者注】

1. "当年",指钱学森先生的艰难经历和伟大功绩。

2. "十亿",指中国人民。 十,虚数,言多。

3. "万贯",指美国的优厚待遇。

【出处】来自网络(百度文库),网址: http://wenku.baidu.com/view/7b1f6c83bceb19e8b8f6baca.html

悼钱学森（三首）

佚名

一

惊悉泰斗从西游，掩面难止泪长流。

一生坎坷任风雨，报国志存再难酬。

二

两弹一星民族魂，归国亲栽学士芸。

故土强军凝心血，铸剑人间共天伦。

三

巨擘永逝倾国悲，千秋之功万古垂。

哀痛勿忘承遗志，教我中华显神威！

【出处】来自网络，网址：http://blog.sina.com.cn/s/blog_4b710d580100gfih.html

怀念钱学森大师

佚名

大师钱王之子孙，江南世族出名门。

何堪生来值乱世，家国贫弱正沉沦。

立心科技救国难，少年壮志要擎云！

负笈北美涉重洋，父老叮咛未敢忘。

十载加州苦求知，青出于蓝超大师。

故国新生传佳讯，海外学子动归思。

弃富就贫人惊骇，留学同窗多不解。

俗子哪知赤子心，誓教故国焕新彩。

归心惊动美高层，层层阻挠禁放行。

宁予夺命休纵虎，此人能抵十万兵。

任尔淫威兼利诱，难改赤子中国情。

一信求援辗转捎，牵动中国新外交。

几经谈判敌伎穷，故国敞怀迎同胞。

携妻抱子轻囊归，跨过罗湖头不回。

誓促科技赶美英，报国誓言掷有声。

国防高科挑重担，专攻两弹大漠潜。

苦战数年世界惊，铸成强国倚天剑。

遍育桃李不辞苦，更引航天第一人。

至今弟子承遗志，神舟飞天揽星辰。

两弹一星标青史，无愧中华民族魂！

大师姓钱不爱钱，毕生积蓄为民捐。

一生唯有三激动，高风亮节傲前贤。

鞠躬尽瘁直到死，德范长留天地间。

承公遗志缅公德，公有知兮笑九泉。

欣看后辈频继起，正为中华谱新篇！

【出处】来自网络，网址：http://blog.ent.ifeng.com/article/5807334.html

挽钱学森（二首）

佚名

一

曾经国弱得安宁，有赖钱公技术精。

华夏巍巍逢盛世，却教百姓挽干城。

二

民穷国弱得安宁，有赖钱公护卫城。

忽见神州失巨擘，五湖四海恸精英。

【出处】来自网络，网址：http://blog.sina.com.cn/s/blog_5f876d6e0102dr8t.html

悼念钱学森博士

佚名

神舟万里绕天穹,再接嫦娥临月宫。

立论可圆千古梦,强军何止五师戎。

呕心概为拥星弹,射日全凭铸铁弓。

赤子从容西陨去,含悲举国悼英雄!

【出处】来自网络,网址:http://blog.sina.com.cn/s/blog_5f876d6e0102dr8t.html

悼钱学森大师[1]

佚名

京城素裹伴冬寒,一代宗师竟逝眠。

星际航行[2]分日月,工程控制[3]论精尖。

东方绕地红星过,北漠惊天核弹连。

科学当今失大帅,风骚独领圣人先。

【作者注】

1. 此诗写于2009年11月2日差旅途中,时值钱学森仙逝;今在钱学森周年祭日帖出,以作纪念。

2. "星际航行",指钱学森名著《星际航行概论》。

3. "工程控制",指钱学森名著《工程控制论》。

【出处】来自网络,网址:http://blog.sina.com.cn/s/blog_5f876d6e0102dr8t.html

悼钱学森

佚名

姓钱不爱钱，大道独行先。

为国捐慷慨，一身清九泉。

【出处】来自网络，网址：http://blog.sina.com.cn/s/blog_5f876d6e0102dr8t.html

钱学森

佚名

姓钱非爱钱，大义薄云天。

异域怀归日，家邦草创年。

释疑凭记忆，兴业靠空拳。

易箦难瞑目，心犹为国煎。

古韵新风

197

【出处】来自网络（道客巴巴），网址：http://www.doc88.com/p - 9542753334033.html

悼念钱学森

佚名

钱公仙逝泰山崩，柱国元勋尚遗容。

德高未为富贵堕，才巨攻坚造弹星。

强项折腰谁曾见，遗恨台海远浮蓬。

继往开来流芳古，千秋启迪中华龙。

【出处】来自网络，网址：http://wenwen.sogou.com/z/q658935105.htm

赞钱学森

佚名

神剑腾空疾掠身，飞拳核弹御千军。

穿云逐靶精追击，跨地瞄标远弋巡。

利器高扬雄国气，神州崛起壮民魂。

羸狮锻出坚刚骨，力聚功成技赖君。

【出处】来自网络，网址：http://blog.sina.com.cn/s/blog_5f876d6e0102dr8t.html

悼科学大师钱学森

佚名

巨星今陨落，九宇滞清辉。

路坎忠心炽，学博声誉垂。

蘑菇云驻魄，华夏子扬眉。

钢铁长城上，里程一座碑。

【出处】来自网络，网址：http://blog.sina.com.cn/s/blog_5f876d6e0102dr8t.html

悼钱学森

佚名

赤子智星，航天雄鹰。

钱权咏学，科谱森宇。

原子核变，理滔浪天。

能量动力，翱翔太空。

航天巨人，策中耀华。

精撼天魂，髓流千古！

【编者注】编者略有改动。

【出处】来自网络（豆丁网），网址：http://www.docin.com/p-1334150402.html

诗歌送钱老

佚名

国破易水习天剑,归来洛神舞九州。

无畏身后明月黯,遍地春华满园香。

银河一日君相逢,共筹华夏平安器。

奔雷虎啸碧云深,此身无憾再会友。

雪落萧萧民众哀,情思切切奠英魂。

呼歌一曲伴君行,他日风流何人继。

【出处】来自网络，网址： https://zhidao.baidu.com/question/233247443.html

悼念钱学森

佚名

凄凄冻雨洒哀伤,国厦今朝痛折梁。

两弹一星镌伟绩,千秋碧落耀星芒。

【出处】来自网络，网址： http://blog.sina.com.cn/s/blog_4dcf19590102vvgt.html

悼念钱学森

佚名

胆赤心忠为母荣,爱国情切帝感诚。

满腔热血宏图志,领域科学旭日东。

两弹一星惊宇际,伟人同代领雄风。

航天之父垂千古,卓越功勋万代铭。

【出处】来自网络，网址：http://blog.sina.com.cn/s/blog_4dcf19590102vvgt.html

沉痛悼念钱学森老人逝世

佚名

秋风瑟缩蓄冬云,忍顾京华秀草皱。

似舞燕山寒夜雨,犹闻浙水激流身。

航天广渺应无极,火箭雄奇正转新。

痛悼归魂钦往事,当年两弹一星春。

【出处】来自网络，网址：http://blog.sina.com.cn/s/blog_4dcf19590102vvgt.html

悼念钱学森大师

佚名

远涉重洋究群秘,烟波曾鉴赤子心。

岂效蓬雀谋稻粱,自铸长剑护国门。

只为故国一脉盛,不恋他乡万两金。

毅然冲破千重险,贤哉不啻五师军。

筚路蓝缕肇新业,栉风沐沙建硕勋。

两弹新成国威振,一星才升桂酒醇。

老来殷勤进箴言,科学精神在创新。

年近期颐巨星陨,雪飘万片奠忠魂。

且待寰宇清平日,驾乘飞舟慰钱君。

【出处】来自网络,网址: http://blog.sina.com.cn/s/blog_4dcf19590102vvgt.html

悼钱学森老先生

佚名

航天巨匠陨长风,两弹一星震宇穹。

暮雪扬花腾飞泪,晓霜凝曲祭苍龙。

丹心报国六十载,神箭射出万里虹。

万众哭君披素色,中华滚滚起悲同!

【出处】来自网络,网址: http://blog.sina.com.cn/s/blog_4dcf19590102vvgt.html

悼钱学森（二首）

佚名

一

两弹一星建奇勋，控制系统不朽论。

大师撒手西行去，步其后尘是谁人？

二

位高名显在佳境，心系魂绕是九州。

威逼利诱志无改，大洋万里不回头。

巨手擎天揽日月，神思浩渺藏神舟。

僵卧病榻仍忧国，后生不及使人愁。

【出处】来自网络，网址：http://blog.sina.com.cn/s/blog_4dcf19590102vvgt.html

钱学森图书馆观众留言（二首）

佚名

一

星陨深秋白雪飞，风卷残云黑纱帷。

五年坎坷回乡路，毕生辛苦励国威。

烈焰东风平地起，宣天长征几来回。

百年回首遥望处，人民心里树丰碑。

二

万里凌空白鹤去，百尺竿头一老松。

今朝凭问明日路，各领山头各领风。

【出处】上海交通大学钱学森图书馆观众留言簿。

悼钱学森先生

佚名

可叹先生济世才,遍寻贤圣尽虚怀。

隆中空运三国覆,菊侧还余五柳衰。

两弹勋盈凭宿望,一生德厚有天裁。

何求庶子为君孝,雪落燕山万岭白!

【出处】来自网络，网址：http://iask.sina.com.cn/b/16184823.html

深切悼念钱学森先生

佚名

暮落松山懒做帷,天涯望断不堪悲。

天飘奇雪寄哀悼,地掠悲风说挽词。

沥血一星乘月上,殚精两弹力不遗。

学森伟业千秋树,举国齐思志可追。

【出处】来自网络，网址：http://blog.sina.com.cn/s/blog_49824ba70100fobu.html

痛失航天巨擘

佚名

一阕哀词泪雨飞,巨星陨落五洲悲。

神州痛失擎天柱,翌日航天可问谁?

【编者注】题名为编者所拟。

【出处】来自网络,网址: http://blog.sina.com.cn/s/blog_49824ba70100fobu.html

悼科学巨星陨落

佚名

情操高尚业精通,党性清纯大节忠。

科学巨人开伟业,人民赤子效神聪。

羞谋私产远名利,独善公心报大同。

不染污泥谁冠世? 红朝钱老最巅峰。

【编者注】题名为编者所拟。

【出处】来自网络,网址: http://blog.sina.com.cn/s/blog_49824ba70100fobu.html

悼钱老

佚名

弃富宁贫恋祖根,桎梏难锁寄居人。

殚精培育精英出,沥血传教学子心。

两弹冲云惊世界,一星绕月探乾坤。

君书史册民心振,壮我中华万古魂!

【出处】来自网络,网址：http://blog.sina.com.cn/s/blog_49824ba70100fobu.html

悼航天之父钱学森（三首）

佚名

一

航天之父逝云烟，华夏科研殉主坚。

一颗丹心归祖国，两弹贡献震河川。

飞船探月寄宏志，火箭窥星展赤田。

世界伟人留万古，巨星卓绝贯坤乾。

【出处】来自网络，网址：http://jinziwei9.blog.sohu.com/135811484.html

二

弹星之父奠宇航，天假巨勋助国昌。

大漠蘑云传捷报，西昌火箭腾九苍。

平生自守钱家训，众帅齐夸柱顶梁。

何意梦圆欢庆日，山河痛洒泪千行。

【出处】来自网络，网址：http://y5228809.blog.163.com/blog/static/12839677320091019145405/

三

魂升霄汉天地震，泪泉断肠雪啸风。

昆仑咨嗟百万声，黄河哀恸不绝音。

万金难量爱国价，清芬易撼千秋情。

自兹迢迢隔青空，相望无期云暗重。

【出处】来自网络，网址：http://blog.sina.com.cn/s/blog_4b2ea36d0100fqbm.html

痛悼航天之父钱学森

佚名

我国的科学巨星——航天之父钱学森不幸于昨日逝世,享年98岁。噩耗传来,不胜唏嘘,深夜难眠,写下悼诗一首:

晴空霹雳震天庭,痛哭人间陨巨星。

创建航天功盖世,丹心一片照汗青。

【出处】来自网络,网址: http://maodieweng.blog.sohu.com/135532663.html

痛悼东方之子钱学森

佚名

苍天悲恸凝纷雪,感怆殇灵泣咽声。

玉宇陨星光减耀,神州失栋地增茔。

空航科技称元祖,华夏兴隆乃首英。

垂泪如潮撼世界,捶胸顿足海江鸣。

【出处】来自网络,网址: http://maodieweng.blog.sohu.com/135532663.html

颂钱老

佚名

一星两弹十年造,三论[1]鸿篇信手来。

毕世功勋辉日月,钱塘亘古见奇才!

【作者注】1. "三论",即《工程控制论》《论系统工程》《星际航行概论》。

【出处】来自网络,网址: http://blog.sina.com.cn/s/blog_4ae0c07d0100fujn.html

第二编　长吟短咏

念奴娇·深切怀念钱学森院士

卞业林

蘑菇云起,广昭示、为我中华骄傲!星弹光辉,民竞颂、多赖航天王到。五载归途,十年两弹,一世高科好。嫦娥故里,大鹏翅展星曜。

却道功属人民,请辞官职,"四不"[1]勤遵照。叹世间追名逐利,尽演红尘浮躁。历史悠悠,几人过硬,为后人称道。先生伟大,楷模朝野当效。

【作者注】1. "四不",即钱学森同志的四条原则: 不题词,不为人写序,不出席应景活动,不接受媒体采访。

【作者简介】卞业林,历任江苏省金湖县委宣传部副部长、组织部副部长等职。 苏州市文联沧浪诗社社员,著有《亦乐斋诗词》《亦乐斋诗词续集》等。

【出处】卞业林著:《亦乐斋诗词续集》,广陵书社,2013 年。

临江仙 · 观钱老终身展后书

陈治宏

一九八九冬降霜,京城邀钱学长,可供年会任主讲!

方知受辱深,难对美原谅,未料九三您未忘,朱光亚替出场。

今朝看罢终身展,泪如当岁霜,感义胜云长!

【编者注】2015 年 10 月,旅美华人科学家陈治宏在参观上海交通大学、加州理工学院、交大美洲校友总会、上海市教育委员会联合主办的"科学之帜 学人典范——著名科学家钱学森事迹展览"美国加州理工学院巡展后,欣然提笔赋词一首,以缅怀校友钱学森。

【作者简介】陈治宏,1969 年毕业于台湾新竹交通大学。 交通大学美洲校友会南加州分会财务/募款副会长,台湾成功大学美洲校友总会创会理事,南加州中华科工会副会长。

【出处】上海交通大学钱学森图书馆馆藏。

水调歌头·读钱学森亲笔信志感

程信和

科学何为界？文理共旋寻。

纵观宇宙今日，系统指南针。

揽月巡天浩浩，举世皆知淡淡，为国气森森。

慧眼观全局，法治响鸿琴。

谆谆语，拳拳意，大师心。

苍穹原是无限，有限偏沉吟。

水复山重常见，圆缺阴晴总有，妙道古来深。

奋发莫停步，直待报佳音。

【作者简介】程信和，中山大学法学教授、博士生导师，北京大学兼职教授。著有《凡花小草——程信和诗歌选》等。

【出处】程信和著：《凡花小草——程信和诗歌选》，花城出版社，2010 年。

千秋岁·思钱老

褚恭信

宗师巨擘,力掌航天舵。

院所建,英才茁。

百年成伟业,星弹功勋烁。

华夏盛,国威大震诸强慑。

忽报双星落,天地伤悲啜。

泰斗去,箴言灼。

人才培养事,创新焉能没!

无创建,航天新路谁开拓?

【作者简介】褚恭信,历任原总参谋部兵种部副部长兼炮兵局局长、解放军原总装备部副参谋长等职,少将。

【出处】《神剑》2010 年第 2 期,第 142 页。

十六字令·挽歌

（藏头格三阕）

丁连先

一

钱，傲骨胸襟阔无边。丹心献，航天织锦篇。

二

学，奉献终生永不歇。歌钱老，填词咏七绝。

三

森，报效国家领军人。披肝胆，强邦报国恩。

【作者简介】参见丁连先诗作《向航天泰斗钱学森致敬》。

【出处】上海交通大学钱学森研究中心纪念钱学森诞辰 105 周年诗词征集活动应征作品。

满江红·赞科学巨匠钱学森

丁连先

不恋繁华,归心切,重洋跨越。

圆梦想,爱国奉献,领军鏖战。

大展宏图兴伟业,披肝沥胆豪情悦。

使命担,造两弹一星,功昭月。

共携手,同奋斗;

酬壮志,书新页。

创新谋发展,呕心沥血。

固我金瓯铭史训,丹心向党歌千阕。

好儿郎,铸剑卫和平,除妖孽。

【出处】上海交通大学钱学森研究中心纪念钱学森诞辰 105 周年诗词征集活动应征作品。

水调歌头·中国杰出科学家钱学森[1]

方国礼

旅美早年事,学富五师雄[2]。

甜酸苦辣廿载,凤落觅梧桐。

爱国满腔热血,赖有真知揽月,归入大潮中。

搏浪擎旗手,建树自精通。

宽领域,分系统[3],建勋功。

运筹模拟,多少豪迈聚高峰。

导弹卫星技术,合奏凯歌一曲,秋果溢香浓。

报效不言尽,点滴润苍松。

【作者注】

1. 钱学森,1911 年 12 月 11 出生于上海,3 岁随父到北京,上过蒙养院（幼儿园）,直到中学,1934 年毕业于上海交通大学,次年赴美留学,获得航空数学博士学位,在美学习、研究、教学 20 年。 1955 年 10 月 8 日,他冲破重重阻挠,回到祖国怀抱。 从此,他以渊博的知识,投入新中国火箭、导弹和航空器的研究开发工作。 1966 年使我国有了导弹核武器,跻身于世界强国之列。 1991 年,国务院、中央军委授予钱学森"国家杰出贡献科学家"荣誉称号。

2. 古语有"学富五车",而美国军方说钱学森可以抵五个师。

3. 钱学森的贡献是多方面的,主要在应用力学、喷气推进与航天技术、工程控制论、物理力学、系统工程、系统科学等。

【作者简介】方国礼,安徽日报报业集团发行中心主任;中华诗词学会、中国楹联学会、安徽省作家协会会员,安徽省太白楼诗词学会、省炳烛诗书画联谊会副会长,《太白楼诗词》《炳烛诗书画》主编。 编著有《军事对联集锦》《罗布泊诗草》《浮山诗词选》等。《军事对联集锦》曾获读者喜爱的军版图书三等奖。

【出处】方国礼著:《壮我神州:"两弹一星"诗词集》,安徽人民出版社,2008 年。

满江红·国家杰出贡献科学家钱学森

方国礼

古国新生,霞尽染、早闻号角。

重洋恨、叹生枝节,鬼欺人弱。

到底归来舒浩气,用功驾驭凭科学。

看尖端领域聚雄才,齐开拓。

磨剑事,宏观握;经冷热[1],微观琢。

正雄姿焕发,赤诚拼搏。

阵地迎风飞弹耸,酒泉点火冲霄落。[2]

信赶超不息领风骚,攀峰乐。

【作者注】

1. "冷热": 冷热飞行试验。 为严格检验导弹及其核弹头的安全性和可靠性为目的飞行"冷"试验（不装核燃料）,"热"试验（装核燃料）。

2. "酒泉": 发射基地所在地。

【出处】方国礼著:《罗布泊诗草》,解放军文艺出版社,1997 年。

御街行·国魂

高介华

学森先生,我国科学泰斗,于国防建设功莫大焉。其于我国城市人居环境之建设高瞻远瞩,首倡具有东方文化色彩之现代山水城市学说,影响深远。每多教诲,启迪良多。思先生之德,情不可已,缀此小词以呈。

金元休买奖莫豸。

重重阻,仇仇视。

鲲鹏奋翅逾重洋,誓报醒狮雄骘,

宏才敏学,物由动力,魂系中华赤。

卫星高奏东方智,

碧眼拭,人欢炽,

腾空火箭射重霄,冉冉功标麒磊。

思维贵引,城还山水,烂漫神州市。

【作者注】

1. 先生著有《空气动力学》宏论。

2. 我国第一颗人造地球卫星播放了楚盘之声的《东方红》乐曲。

3. 先生主编具有先导意义的《关于思维科学》一书;又著有《科学的艺术与艺术的科学》一书。

4. 20 世纪 90 年代初,先生首倡"山水城市"学说,并多有诠释和论述;还提出了"城市学"概念,将人类未来的城市建设研究推向一个更高的层次。

【作者简介】高介华,《华中建筑》主编,教授级高级建筑师,国家一级注册建筑师。 中国建筑学会建筑史学会分会理事暨建筑与文化学术委员会主任委员。 华中科技大学和武汉理工大学客座教授。 湖北省城市规划专家咨询委员会、武汉市历史文化名城委员会委员。 江南诗词学会会员，湖北省文艺理论家协会会员，陕西文学创作研究会常务理事暨会刊编委，中国文艺协会终身理事。 文化电视片《华夏之光》顾问。

【出处】高介华著：《击水词》，江苏文艺出版社，1995 年。

诉衷情·怀念钱学森大师[1]

关世义

漂洋过海西半球，壮志闯加州[2]。

卡门学府何处？ 宏论梦中求。

超卡氏，智方遒，美军愁[3]。

归国兴业，导弹航天，誉贯千秋。

【作者注】

1. 2011 年 12 月 11 日是钱学森大师诞辰 100 周年的纪念日子，此时此刻，作为先生学术思想的追随者，无限怀念，思绪万千，即日于北京云岗航天城填此词。

2. "加州"，指美国加州理工学院。

3. "美军愁"： 得知钱学森要回新中国，美海军的一位将领曾说： 钱学森"在任何情况下都抵得上 5 个师的兵力！"（《钱学森故事》，涂元季等）。

【作者简介】参见关世义诗作《哭钱学森大师》。

【出处】上海交通大学钱学森研究中心纪念钱学森诞辰 105 周年诗词征集活动应征作品。 另见： 北京市丰台区云岗街道编：《激情云岗》（第二集），2014 年。

满庭芳·钱学森

郭中甲

沥血呕心,朝思宿寐,皆为戎马[1]归途。

艰难岂蹙,家国起[2]无虞。

应携中华鼎沸,红旗展,早济宏图。

殊望眼,乾坤暂转[3],一夜越澎湖。

投身弹指事,一星两弹,精卫先驱。

即桓娥桂兔,便访须臾。

留得载人遗志,霄河揽,天地何辜[4]!

昆仑与,沉碑更在,意气领苍梧[5]。

【作者注】

1. "戎马",比喻回国的艰难就像战争一样残酷。

2. "家国起": 因为国家的兴起而没有顾虑。 起,兴起。

3. "乾坤暂转": 乾坤都倒了个儿,用李白"地转锦江成渭水"之意。

4. "天地何辜": 天地都不会辜负。

5. "苍梧": 东方的国家,指中国。

【作者简介】郭中甲,中国航天科技集团中国卫通集团有限公司工程师、主管。

【出处】作者为本诗集出版而作。

沁园春·悼航天之父钱学森

韩晓长

己丑雪飞,大河哀恸,长江泪涌。

忆少年矢志,黄浦乘风,

过海漂洋,麻省理工。

超音实验,火箭推动,科学报国华夏情。

破牢笼,历千难万险,阻挠重重。

归来兮请长缨,心系神箭意破苍穹。

行独立自主,民族魂灵,

感知理性,哲学辩证。

高瞻远瞩,遣将调兵,两弹一星耀太空。

天地间,中国人真行,铁骨铮铮!

【作者简介】韩晓长,历任陕西省咸阳市人民政府副秘书长、咸阳市人民政府办公室调研员等职。 著有《懋子诗词选》(上、下卷)。

【出处】2009 年 11 月某日《咸阳日报》。

思佳客·悼念我国航天之父钱学森院士

胡维斌

噩耗音传陨巨星，神州顿失一殊勋。

一星揽月功勋巨，两弹升空伟业兴。

回祖国，破寒冰。振兴科技育精英。

今穷碧落西天去，召集同门更举旌。

【编者注】编者略有改动，"一星揽月"原为"一船探月"。

【作者简介】胡维斌（1935—2012），中国管理科学研究院研究员，高级工程师。
中华诗词学会会员，湖北省安陆诗词学会秘书长。

【出处】霍松林主编：《中华诗词十佳选集》（第一卷），作家出版社，2010年。

渔家傲·深切怀念钱学森

黄杰平

痛悼元勋哀万里，漫天雪舞鸿悲寄。

赤子当年归国史。

申大义，铮铮傲骨垂天地。

两弹惊魂开胜纪，一星献凯龙骧起。

巨擘殚精施睿智。

兴科技，奠基伟业神州志。

【作者简介】黄杰平，广西浦北县农业银行职员。

【出处】《诗词月刊》2010年第4期，第22页。

念奴娇·悼念钱学森先生[1]

黄文虎

巨星西陨,泣人神,飘洒漫空寒雪。

亮节高风,齐景仰,硬骨铮铮如铁。

箭弹元勋,宇航主帅,情荐轩辕血[2]。

复兴民族,英豪本色超绝。

壮志勇探苍穹,轰轰烈烈[3],直捣黄龙阙。

科技催生新世界,创意海宽天阔。

系统工程,大成智慧,拓展未曾歇!

巅峰几许? 冲锋陷阵跨越。

【作者注】

1. 2009 年 10 月 31 日,钱学森先生以 98 岁高龄与世长辞。 那天北京漫天飘白雪,为了缅怀钱先生,笔者填了一首小词,以寄托哀思。

2. 鲁迅先生在《自题小像》一诗中有"我以我血荐轩辕"一句,意为"我要用我的热血来表达对祖国的挚爱"。

3. 笔者曾亲聆钱先生谈论当今航空、宇航科学技术的辉煌成就。 钱先生在谈话中深情回忆说,早年为之奠定基础的空气动力学关键性突破的研究是"轰轰烈烈"的。

【作者简介】黄文虎,哈尔滨工业大学教授,机械动力学与振动专家,中国工程院院士。 哈尔滨工业大学原校长,中国振动工程学会名誉理事长。

【出处】2016 年 11 月 10 日《哈工大报》。

水调歌头·纪念钱学森同志诞辰 100 周年

李宏祥

浩浩银河浪,茫茫宇海星,

彩霞万里飞照,天路写人生。

奠基强国柱石,铸就航天伟业,壮志请长缨。

两弹惊环宇,一星邀天庭。

淡名利,谋大计,育精英。

丹心青史,生死只为国家兴。

方送嫦娥奔月,又引神宫对接,后继启新程。

华诞百年庆,十亿颂贤能。

【作者简介】李宏祥,山东省人大常委会委员,山东省人大法制委员会主任委员。

【出处】《中华魂》2016 年第 6 期(上),第 67 页。 另见:《山东人大工作》2012 年第 3 期,第 54 页。

阮郎归·钱学森获"小罗克韦尔奖章"志喜

李焕黄

重洋远隔梦魂飞,初衷未忍违。

思乡只为报春晖,携家彼岸归。

心神注,汗珠挥,攻坚振国威。

小罗克韦尔称魁,人生能几回?

【作者简介】李焕黄,湖南省湘乡市委党校副校长,高级讲师;湖南省诗词协会理事,湘潭白石诗社理事,湘乡诗社社长。

【出处】湘潭白石诗社编:《中华现代工业、科技、环保诗词选》,中国文史出版社,1991 年。

西江月·钱学森教授

李旭阁

冲破重重难关,回归久恋家园,

报效祖国志冲天,潜心研制火箭。

亲手播种耕耘,风雨兼程情深,

首倡建立火箭军,保和平为人民。

【作者注】钱学森教授冲破美国阻拦回国后,听过他两次讲课,对我来说是导弹和火箭及原子能的基础教育,印象极深。 第一次是 1955 年 5 月在总政排演场,当时驻京各总部,各军兵种领导干部参加,我是作战部参谋参加听讲。 钱学森介绍了火箭导弹的一般情况和美国、苏联的发展情况以后说,中国完全有能力制造自己的火箭,并建议成立一个新的军种,名字可以叫作"火军",就是装备火箭的部队。 第二次是 1960 年 3 月 21、22 日,在高等军事学院讲授导弹和火箭及原子能的利用。 深入浅出,引人入胜,我还保留着当时的听课笔记。 这首诗作于 1966 年 6 月第二炮兵建立之后。

【作者简介】参见李旭阁诗作《参观二十基地戈壁农场》。

【出处】上海交通大学钱学森图书馆馆藏。

渔家傲·悼念钱学森大师

李毓堂

巨星陨落举世惊，九天垂泪雪雨盈，悠悠哀思寸草心。

大地情，绿染阡陌伴君行。

爱民奉献乐创新，草论谆导产业兴，老少边牧遍绿金。

国运宁，中华强盛慰英灵。

【作者简介】李毓堂，高级经济师。 中国系统工程学会草业系统工程专业委员会原主任，国务院颁发的农业技术突出贡献证书及政府特殊津贴专家。

【出处】《中国牧业通讯》2010 年第 3 期，第 53 页。

西江月·咏雪莲
——元旦敬贺科学大师钱学森

李毓堂

跃居崇山巅，相映蓝天笑。

春迎牧歌越险峰，伫立西陲哨。

玉枝源冰雪，挺拔出风暴。

清泉丽日冶高洁，世人当模效。

调寄西江月·聚会新一届草委会深圳论坛

李毓堂

走观山河锦绣[1]，坐赏沧海桑田[2]。

微菌摧朽献瑰宝[3]，富硒助尔延年[4]。

草友鹏城切磋，交融硕果联翩。

钱论罡指创新路[5]，争我中华梦圆。

【作者注】

1. 钱学森观摩深圳大自然生态公司在矿山石质陡坡、河道岸坡以草业系统工程修复生态现场。

2. 钱学森屏幕观看任氏饲料桑"秋冬入水，春夏水退"生长的景象。

3. 特种菌剂发酵技术使秸秆变为高蛋白饲料。

4. 生物硒肥用于农业，生产富硒保健农产品。

5. 钱学森第六次产业革命发展农业型知识密集产业理论。

【编者注】2016年5月11—12日，由中国系统工程学会草业系统工程专业委员会主办、深圳大自然生态园林技术有限公司协办的第五届中国系统工程学会草业系统工程专业委员会换届暨科技成果交流、合作与推广现场观摩研讨会在深圳召开。此为作者出席会议期间所赋。

【出处】作者手书并寄赠本馆。

浣溪沙·钱学森

李兆海

海外回归险万重，高薪厚禄任随风，倾心报国自情浓。

两弹惊魂传世界，一星环宇访仙宫，此生勋业又谁同。

【作者简介】李兆海，河南洛阳人，公务员。

【出处】上海交通大学钱学森研究中心纪念钱学森诞辰 105 周年诗词征集活动应征作品。

自度曲·咏钱学森

（三阕）

李之钦

一

异国生涯何时了，夜梦常常入海庄。

荆棘满西洋，天罗地网张。

欣闻新国立，渴想归出力。

待旦众艇发，收拾莫休息。

二

早储热忱报国心，借取巧门归知方。

导弹卫星壮，个个冲天堂。

士为知己用，惓惓大方家。

科界钱学森，万丛一枝花。

三

科学银河一巨星，卓卓时代高明家。

天书曾经创，神州又何加。

成绩归于党，荣誉集体夸。

硕智高北斗，仕廉又数他。

【作者简介】李之钦（1907—1996），土地革命时期，任陕西延长县政府教育部长，陕甘边区工委教育部长。 抗日战争时期，任陕甘宁边区教育厅科长、延安大学副校长。新中国建立后，任西北局宣传部教育处长，西北行政委员会教育局局长，中共中央西北地区工作部文教处处长，中共中央宣传部教育处处长，甘肃师范大学、甘肃工业大学党委书记、校长，西北师范大学名誉校长等职。 政协甘肃省委员会第一、二届委员、常委，四届副主席。 著有《李之钦论教育》《徐特立教育思想研究》《简明通俗认识论》等。

【出处】李道刚主编：《李之钦纪念文集》，甘肃人民出版社，1989 年。

贺新郎·钱学森

刘音

万里长空阔。

正东方,一轮红日,直凌天阙。

千丈流霞奔家国,百感风云交叠。

忆往昔,故园挥别。

梦里不知身是客,任相思,写满天涯月。

但怅望,九州崛。

乡心聒碎重洋越。

料华夏,龙蛇起陆,浩歌如铁。

雄丽江山驰千古,代有风流豪杰。

更激荡,凌云气节。

道法自然垂宇宙,莽乾坤,俯仰飞星挟。

银汉上,太虚蹑。

【作者注】韵依《词林正韵》,谱依《钦定词谱》。

【作者简介】刘音,西安软通动力技术服务有限公司职员。

【出处】上海交通大学钱学森研究中心纪念钱学森诞辰105周年诗词征集活动应征作品。

满江红·纪念钱学森诞辰百年

罗新

坎坷遭逢,艰辛勤,风华岁月。

豪情壮,中华昕龙,人体科学。

科研劳形流逝水,执着特异何曾歇?

奈何也,华发心更热,壮悲切!

与君逢,心甚烈,相知己,满腔血!

慨人生,贵贱浮沉谁写?

千秋大业风雨后,哪堪伏枥心如铁!

崇钱老,洗去尘与土,从头越。

【作者简介】罗新,云南大学教授。

【出处】作者为纪念钱学森诞辰 100 周年所作。

武陵春·悼钱老

吕劭玉

风冷京城素降雪,哀盛心头凉。

巨匠飘飘驾鹤去,科技失栋梁。

青春燃烧热血洒,只为祖国强。

先生精神化春雨,大地润,新苗长。

【作者简介】吕劭玉,深圳市大新小学教师。

【出处】解放军原总装备部美术书法研究院编:《高山仰止 风范长存——纪念钱学森诞辰 100 周年美术书法作品集》,广西美术出版社,2011 年。

鹧鸪天·怀念航天之父钱学森

孟秀英

异国他乡教授材,才思睿智满堂彩。

千辛万苦回国愿,情系科学强盛差。

乘碧浪,踏绿脉,卫星导弹镇山海。

毕生投入航天业,火箭之王宇宙怀。

【作者简介】参见孟秀英诗作《怀念航天之父钱学森》。

【出处】作者为本诗集出版所作。

念奴娇·学森事

庞珊

望穿千古,乍回首,身影独行天地。

世代荣芳,相较比,故土今非昨日。

跨海而行,功成伟业,终为扶摇志。

归国心切,怎知遥路艰砺。

终寄身故国风,又临危受命,英雄角力。

两弹惊雷,十数载,云溢千里连地。

一星凌空,苍穹浩瀚里,东方红骥。

励精图治,比肩日月胸臆。

【作者简介】庞珊,上海航天汽车机电股份有限公司品牌文化助理。

【出处】上海交通大学钱学森研究中心纪念钱学森诞辰 105 周年诗词征集活动应征作品。

满江红·航天梦

庞珊

夜望天穹,云半遮,有光熠熠。

只听得,嫦娥空叹,月宫寥寂。

梦里身披长翅起,翱翔千里琼楼宇。

忆平生,展翅未得法,憾无力。

火光起,雷声厉。

乾坤越,终成实。

排万难,学海无涯得志。

身怀绝技归故土,英雄角力航天事。

会有时,凌万里长空,登天易!

【出处】上海交通大学钱学森研究中心纪念钱学森诞辰 105 周年诗词征集活动应征作品。

敬颂钱学森院士（三阕）

平定

一、千秋岁

泰山北斗，功胜千秋宙。

导弹吼，神州佑。

人民欣敬仰，辩证雄风授[1]。

航天父，如辰照耀江山秀。

胸镂精兵胄，眼度宏观就。

科学博，雄才魄，德高天地厚。

祖国情深透，无私杰，为民为国清风袖。[2]

【作者注】

1. 1989 年 8 月 8 日《人民日报》登载《中国导弹之父》科学家钱学森院士一段话："我深感专家组长不好当，因为现在科学技术在世界竞争这么激烈，叫科技战，智力战。 选择干什么，不干什么，怎么干，对这些问题专家出的主意要是差一点，国家的损失就大了。 因此首席科学家的任务比我们那时重得多，复杂得多，要是科学技术战略家才好！ 所以我们要特别注意培养接班人……他们既要是科学技术专家，同时又要用辩证唯物主义，会用两点论分析问题，了解世界复杂情况，这样的人设计出的方案才不会出乱子，才会出奇制胜。"

2. 1994 年 2 月 7 日，钱学森院士在给钱学敏的信中说道："50 年代中叶回归祖国……当然这时早已懂得只有马克思列宁主义毛泽东思想才是真理。""终于在 80 年代中叶，认识到：要建立以马克思主义哲学为最高概括的科学技术体系。""因此马克思主义哲学居于科学技术以及知识体系之首，才是触类旁通的钥匙。 创造力来源于马克思主义哲学，而用这个观点看科学技术以及知识体系，就是大成智慧学。"

【出处】普天东方通信集团有限公司老科技工作者协会编：《丹霞诗词选》（第三辑），2002 年。

二、沁园春

科学伟人,博大精深,宇宙导弹。

越长空万里,国魂光耀,

军魂法宝,华冠戎坚。

十亿心宽,五千年受,

时代强音日月坛。

乾坤杰,看风光无限,四海波澜。

缤纷世界多端。

敌与友,寰球惊喜传。

视霸权何胆? 谁敢欺压!

顶天立地,巩固边关。

长护蓝天,创新典范,

爱国勋功天下先。

雄心志,颂钱翁康健,寿比南山。

【出处】普天东方通信集团有限公司老科技工作者协会编:《丹霞诗词选》(第三辑),2002 年。

三、满江红

钱学森曾说:"要建立以马克思主义哲学为最高概括的科学技术体系。因此马克思主义哲学居于科学技术以及知识体系之首,才是触类旁通的钥匙,创造力来源于马克思主义哲学,而用这个观点看科学技术以及知识体系,就是大成智慧学。"[1]

宇宙宏观,辩证法,天地人物。

唯物论,客观规律,指南学说。

概念内涵明特征,外延大小相应适。

逻辑论,九法适情凭,精心抉。

决策题,求是发;

企文化,繁荣哲。

看寰球历史,当今评察。

条件有无能转化,核心技术兴衰决。

矢和靶,射准靶中心,千秋业。

【作者注】1. 摘录自钱学森院士 1994 年 2 月 7 日致钱学敏的信。

【出处】普天东方通信集团有限公司老科技工作者协会编:《丹霞诗词选》(第三辑),2002 年。

水调歌头·颂钱学森

单继芳

异域归学子,强国写新篇。

殷殷十载,一星两弹傲云天。

大义名标史册,戮力科研创举,立志启尖端。

伟绩长城铸,美誉胜前贤。

壮民魂,倾肺腑,映婵娟。

穿穹神箭昭世,巨手写斑斓。

宇宙翱翔在望,华夏腾飞遂愿,热血注轩辕。

赤子情怀在,鼎鼐镇山川。

【作者简介】单继芳,黑龙江省伊春市南岔区商贸总公司职工,经济师。 中华诗词学会会员,黑龙江省诗词学会会员,黑龙江省生态艺术文学艺术家协会会员,伊春市诗词学会副会长、市作协理事。 部分作品集录于集体诗集《博海知音》。

【出处】上海交通大学钱学森研究中心纪念钱学森诞辰 105 周年诗词征集活动应征作品。

临江仙·钱学森忆

孙立群

万里思乡情切切,归国竭虑殚精。

几经辗转见天明。

翩翩文弱士,犹胜五师兵。

伏案常年终默默,此间寂寥谁听?

一朝破茧世人惊。

斯人虽已去,化作满天星。

【作者简介】孙立群,河北省唐山市瑞丰钢铁集团有限公司职工。

【出处】上海交通大学钱学森研究中心纪念钱学森诞辰 105 周年诗词征集活动应征作品。

醉太平·航天之父颂

孙雅娟

长程短途,东风殊誉。

惊起涟漪无数,有游龙移步。

冰心似玉,锋芒众舞。

十年峥嵘飞渡,待将华章续。

【作者简介】孙雅娟,上海交通大学钱学森图书馆物业处工作人员。

【出处】上海交通大学钱学森研究中心纪念钱学森诞辰 105 周年诗词征集活动应征作品。

渔歌子·悼钱学森

田坤一

悼念航天北斗星[1],

钱如粪土破牢笼。

学海阔,探长空。

森森松柏万年青。

【作者注】1. "北斗星",即把钱学森比作北斗星。

【作者简介】田坤一,中国管理科学研究院人文科学研究所研究员,河南省民委原副巡视员。

【出处】《人才资源开发》2010 年第 3 期,第 84 页。

南乡子·入党

王春山

春风暖,夜无眠,

潺潺泉水润心田。

花好月圆情不变,

天天艳,华夏牡丹璀璨璨。

【作者简介】王春山,中国运载火箭技术研究院火箭总装厂退休教员。 中国当代作家联合会会员,中国书画名家协会会员。 著有诗词集《吾飞月亮桥》。

【出处】上海交通大学钱学森研究中心纪念钱学森诞辰 105 周年诗词征集活动应征作品。

金错刀·一人能抵五个师

王春山

钱学森,有真知,

工程控制[1]立身姿。

美军评说神威力,

作战能敌五个师[2]。

回祖国,正当时,

衷心爱国奋飞驰。

莺歌燕舞新天地,

导弹超音数控施。

【作者注】

1. "工程控制",即钱学森于1954年在美国出版的《工程控制论》一书。 该书的出版在世界科技界引起了极大的轰动。

2. "美军评说神威力,作战能敌五个师",是美国国防部高官金贝尔所言:"钱学森是制造火箭导弹的顶尖专家! 他太有价值了,在任何情况下都抵得上5个师的兵力!"

【出处】上海交通大学钱学森研究中心纪念钱学森诞辰105周年诗词征集活动应征作品。

诉衷情·颂钱老

王海福

　　钱学森同志与世长辞,万众悲恸。感怀钱老的丰功伟绩、高风亮节,填词以歌颂。

此生唯愿长报国,万民悲星落。

义无反顾归来[1],痴心挂银河[2]。

不求官,不爱钱,贡献多。

清风明月,彪炳千秋,华夏楷模。

【作者注】

1. "义无反顾归来": 指钱学森1935年8月赴美国学习, 事业上成就辉煌, 生活上待遇丰厚。 但他获悉新中国成立后, 毅然决然举家回国。 1950年准备启程时遭到阻拦拘留, 以致被软禁到1955年, 经中美两国谈判交换条件后, 钱学森一家才终于回到祖国。

2. "痴心挂银河": 指钱学森一生致力于我国的航天事业, 建立了不朽的功勋。

【作者简介】王海福, 诗人、书法家。 天津海韵诗社名誉社长, 草堂诗社社长。 原天津市工商行政管理局局长、书记。 著有诗文集《行思录》《言志录》《抒怀录》等。

【出处】2009年12月8日《天津日报》; 另见王海福著:《抒怀录》, 百花文艺出版社, 2011年。

绮罗香·由钱学森夫人蒋英逝世想起

王海福

2012 年 2 月 5 日,我国著名科学家钱学森的夫人、著名声乐教育学家蒋英逝世,享年 93 岁。想到钱学森忠贞爱国及其对国家航空航天国防事业作出的杰出贡献,想到蒋英为钱学森的付出,两人相守一生、伉俪情深,不由欣然命笔。

两门才俊,三代风流,蜚声四海五洲。[1]

一生相守,曾经青发皓首。

羁异邦,矢投金瓯,

手牵手,共织锦绣。

追日月,赤子鸣镝为国谋。

两弹直上星宿,一扫百年苦愁,酒香歌喉。

邃密群科,呼唤大师出头。[2]

先生去,英魂沉钩,

再相会,依然情幽。

还夙愿,天上人间,相思长泪流。

【作者注】

1. 此句指钱、蒋两家人才辈出为国家作出的贡献。 蒋英之父蒋百里是中国现代军事学家,钱学森之父钱均夫是中国现代教育家。 蒋英表哥徐志摩为中国现代著名诗人,表弟金庸为当代著名武侠小说家。 钱学森堂侄钱永健为诺贝尔物理学奖获得者(外籍)。

2. 此句指钱学森晚年几次向国家领导人建议改革教育以培养大师。

【出处】2012 年 2 月 21 日,《天津日报》。

鹧鸪天·忆钱公

王丽娜

苏武情怀夸父心,归来能抵万人侵。

腾空箭影五洲外,奔月星光九域寻。

十年梦,铸佳音,坚钢铁骨锻真金。

此身已共青山老,犹是神州传到今。

【作者简介】参见王丽娜诗作《赞钱公》。

【出处】上海交通大学钱学森研究中心纪念钱学森诞辰105周年诗词征集活动应征作品。

卜算子·赞颂钱学森

王权维

五年归国路,十年两弹成,

中美各方估能量:超值五师兵。

一九五五年,魂牵梦绕圆,

炎黄子孙归国志,永存人世间。

姓钱无视钱,奖金全奉献,

中山蓝装几十载,旧房不曾换。

铸中华豪情,怀赤子心胸,

五十六年做巨献,堪称世纪龙。

【作者简介】王权维,四川航天技术研究院燎原无线电厂退休职工,高级工程师。

【出处】上海交通大学钱学森研究中心纪念钱学森诞辰 105 周年诗词征集活动应征作品。

高阳台·上海交大图书馆往事

王沂　晴兰

优雅小楼,门前石塑,端坐少女看书。

救国靠谁? 学森心绘蓝图。

课余聚友寻答案: 防敌寇调兵遣将,

我交大,有何作为? 多建铁路。

祸从天降"一·二八",日机满天舞,猛炸淞沪。

学子莘莘,岂能手足无措?

来年毕业赴美国,学航空,火箭核武。

到时候,重返中华,驱逐鞑虏!

【作者简介】

王沂,中国戏剧家协会委员,中国科普作家协会会员,国家一级编剧。 历任江苏省盐城市剧目创作室主任、盐城市文联副主席、江苏省文化艺术研究所所长等职。 曾创作现代剧《金色的教鞭》、历史剧《崖山遗恨》等。 著有科学童话《最高的奖赏》(与晴兰合著)。

晴兰(? —2016),本名王琴楠,王沂夫人。

【出处】上海交通大学钱学森研究中心纪念钱学森诞辰 105 周年诗词征集活动应征作品。

诉衷情·钱学森与蒋英

王沂　晴兰

青梅竹马童谣唱,世交半同乡[1]。

"交大"、"女中"邻近,情深似黄浦江。

歌声美,火箭亮,传四方。

《星光灿烂》[2]航天功勋,万世流芳!

【作者注】

1. 钱学森之父钱均夫、蒋英之父蒋百里为多年至交。 钱学森籍贯杭州,蒋英祖居海宁,均为浙江人,俗称"半个老乡"。

2. 20世纪90年代,歌唱家蒋英曾亲自指导组织了一个大型音乐会——《星光灿烂》,赞颂中国航天人。

【出处】上海交通大学钱学森研究中心纪念钱学森诞辰105周年诗词征集活动应征作品。

望海潮·钱学森

王沂　晴兰

苦尽甘来,长空展翅,蜚声欧美,学森闪烁才华。

开国大典,还乡心切,五角大楼追查。

无端遭扣押,释放喘口气,又来抄家。

举世震惊,中美会谈日内瓦。

多年苦泪尽擦,邮轮开出港。

乐极全家,海涛万里,高歌猛进,五星红旗潇洒。

广州喜献花,看上海老父,狂吻孙娃。

澎湃激情,拜访母校返交大。

【编者注】题名为编者所拟。

【出处】上海交通大学钱学森研究中心纪念钱学森诞辰 105 周年诗词征集活动应征作品。

玉楼春·钱学森盛赞哈军工

温国材

学成报国科研急，盛赞军工有能力。

规模宏大业精尖，短短三年出奇迹。

平台风洞初模出，火箭专家高技术。

一锤敲定宇航星[1]，相伴太空光社稷。

【作者注】1.指钱老看中任新民、梁守槃之才华，点名调他们入国防部五院（导弹研究院），而使他们成为宇航专家、院士。 任新民还成为"两弹元勋"。

【编者注】钱学森回国后，在国家有关部门的安排下，钱学森前往东北访问，期间参观哈军工。 参观后，钱学森盛赞陈赓为首的哈军工领导班子有气魄有能力，短短三年时间就把哈军工办成规模如此大，尖端专业如此多的名牌大学。

【作者简介】参见温国材诗作《"钱学森旋风"》。

【出处】温国材著：《哈军工史诗》，中国文联出版社，2007年。

水调歌头·纪念钱学森诞辰 105 周年

翁钦润

忍看苍生苦,济世觅长缨。[1]

重洋远渡,魑魅乱舞阻乡程[2]。

梦里故园望断,百折周旋得返,国士问谁惊。[3]

纵此子归去,抵十万雄兵。[4]

苍穹碧,东风肃,巨龙腾。[5]

惊雷响彻戈壁,瀚海写峥嵘。

塞上冰霜摧折,笃志丹心戮力[6],核剑啸南溟[7]。

浩气流千古,碧血铸干城。[8]

【作者注】

1. "忍看苍生苦,济世觅长缨",意指钱学森不忍看到中国百姓遭受列强侵略之苦,毅然出国求学,寻找济世安邦、救国图存的科学良方,在美国致力于航空航天的学习与研究,学成之后冲破种种阻挠,毅然选择回国报效国家与人民,并成为我国航天事业的奠基人及"两弹元勋",为祖国国防现代化建设和国家安全作出了卓越贡献。

2. "魑魅乱舞阻乡程",指当时美国当局及"麦肯锡主义",极力阻挠钱学森回国。

3. "梦里故园望断,百折周旋得返,国士问谁惊":此句写钱学森冲破美国当局种种阻挠回国的艰苦历程。

4. "纵此子归去,抵十万雄兵":前美国国防部海军次长金贝尔曾说过,钱学森抵得过精锐的五个师。

5. "苍穹碧,东风肃,巨龙腾":我国的战略导弹为"东风"系列;"东风肃",指发射前的静穆紧张气氛;"巨龙腾",指导弹发射时的壮观场面,如巨龙腾飞。

6. "塞上冰霜摧折，壮志丹心戮力"，指钱学森带领导弹科研团队在荒凉的戈壁滩进行导弹研发攻关试验的种种艰苦历程。

7. "核剑啸南溟"，指1980年，我国首次向南太平洋地区发射了东风5号洲际导弹试验弹，进行了跨洲际的飞行试验。从此，中国人有了守卫国家的核宝剑。

8. "浩气流千古，碧血铸干城"，意谓以钱学森为代表的"两弹一星"元勋们，穷尽毕生心血，铸就了捍卫国家安全的核盾牌。

【作者简介】翁钦润，网宿科技股份有限公司资源采购部华南华中地区（深圳）采购总监。诗作散见于《中华诗词》《当代诗词》《岭南诗歌报》《诗词报》《潮州日报》《韩江》《惠州文艺》《惠州文化》《罗浮》《绥江文艺》《右江日报》《楚天金报》《中国诗歌地理》等报刊。

【出处】上海交通大学钱学森研究中心纪念钱学森诞辰105周年诗词征集活动应征作品。

凤凰台上忆吹箫·痛悼钱学森

吴文昌

"两弹一星"元勋、"中国航天之父"钱学森于 2009 年 10 月 31 日病逝。他的逝世,不仅是航天领域和科技界的重大损失,也是我们整个国家和民族的巨大损失。为表达对钱老的崇敬和哀思,笔者乃不计工拙,填词一阕。祝钱老一路走好。

瑟瑟秋风,萧萧落叶,不堪噩耗悲传。

云易色,山河震恸,草木凄然。

痛悼航天之父,再难得,泰斗高贤。

潸潸泪,伤情最是,空缺谁填。

英年驰名欧美,思归切,身心倍受熬煎。

报华夏,基开火箭,引领科研。

两弹一星惊世,更有那,系统鸿篇。

公今去,后昆重任当肩。

【作者简介】吴文昌,吉林省文化援藏援疆促进会会长。 吉林省委组织部副部长,吉林省人事厅厅长、党组书记,吉林省机构编制委员会办公室主任。 诗作散见于《诗词月刊》《长白山诗词》《吉林日报》《新文化报》《企业文化报》等报刊, 著有诗集《临清集》。

【出处】来自网络(中华诗词网),网址: http://bbs.zhsc.net/thread－552907－1－1.html

偷生木兰花·赞钱学森院士

夏理宽

忠诚事业宏图展,马列精神思正辨。

爱国情深,炽烈胸怀可铄金。

钻研科技航天父,屡破层云风雨路。

学贯中西,伴月随星相映辉。

【作者简介】参见夏理宽诗作《恭贺钱学森先生九十华诞》。

【出处】普天东方通信集团有限公司老科技工作者协会编:《丹霞诗词选》(第三辑),2002年。

江城子·纪念钱学森

肖奇光

名衔教授指王孙。

继羁身,理工因。

坚忠爱国,兵力五师屯。

喷气流音推火箭,公式列,卡门循。

航天技术奠基人。

创新敦,举劬勤。

三钱合绪,自控得归臻。

系统相依方法论,双院士,倡精神。

【作者简介】肖奇光,江苏省镇江船舶辅机厂高级工程师(已退休)。 中华诗词学会会员,中国楹联学会会员。

【出处】上海交通大学钱学森研究中心纪念钱学森诞辰 105 周年诗词征集活动应征作品。

沁园春·悼念航天泰斗钱学森

徐学成

白雪花霏，大地哀回，送泰斗归。

忆航天事业，起家空手，艰难苦斗，硕果肥梅。

快步猛追，攻关突破，两弹明星天上飞。

钱学老，为人民尽瘁，大壮军威。

中华不朽丰碑，是楷模千秋万代麾。

且精神遗产，更加夺目，利名淡泊，美德巍巍。

颁发荣徽。

心胸开阔，知识群英典范菲。

求真理，毛泽东思想，永放光辉。

【作者简介】参见徐学成诗作《胡总书记对钱学森院士作出高度评价》。

【出处】徐学成著：《学步集》，中国文化传播出版社，2010 年。

水龙吟·祝贺学森先生九旬华诞

许国志

思如天马行空,真知灼见常相透。

工程智能,厅称研讨,以人为首。

洞察毫微,纵观经纬,虑深谋久。

看新声时创,风骚先领,常三载,超前走。

素喜亲书函牍,几曾经,假他人手,

桐阳论学,春风满座,十年相守。

万卷胸中,千行笔底,有谁堪偶,

喜欣逢盛世,金樽玉酒,为先生寿。

【作者简介】许国志(1919—2001),中国工程院院士。 历任中国科学院系统科学研究所副所长、中国系统工程学会理事长等职。

【出处】钱学森著:《创建系统学》(新世纪版),上海交通大学出版社,2007 年。

鹧鸪天·纪念钱学森诞辰 105 周年

杨保锋

家国情怀烙在身，洪波怎阻化鹏鲲？

江山信美彼之土，父母虽贫我的根。

双弹爆，一星巡，果然能敌万千军。

今朝更拓飞天梦，当颂钱公领路人。

【作者简介】杨保锋，合肥市诗词爱好者，自由职业。

【出处】上海交通大学钱学森研究中心纪念钱学森诞辰 105 周年诗词征集活动应征作品。

满庭芳·钱学森诞辰 105 周年

杨朝然

魂系中华,淡泊名利,归国阻力重重。

坐穿囹圄,长夜盼天明。

雾散云开潮涌,凭栏望,海阔天空。

出笼鸟,凌风展翅,啸傲入苍穹。

十年创业路,一星两弹,屡建奇功。

尽舒展,满腔浩气雄风。

赤子情怀堪颂,漫赢了,青史留名。

清明日,神州儿女,挥泪祭英灵。

【编者注】编者略有改动。

【作者简介】杨朝然,中华诗词学会会员,洛阳市作家协会会员。 诗歌、小说散见于《河南日报》《山西文学》《天池》《辽河》《中华诗词》《中国诗词月刊》《中华辞赋》《神州辞赋》等报刊。

【出处】上海交通大学钱学森研究中心纪念钱学森诞辰 105 周年诗词征集活动应征作品。

沁园春·缅怀钱学森

扬帆

七号神舟,奔月嫦娥,两弹一星,

将东方神话,豁然诠释。

千年梦想,兑现苍穹。

浩瀚星空,九州大地,凝铸钱翁满腹情。

兴华夏,辟太空新路,营造天宫。

学成美国精英,名利禄,怎拴赤子情。

置死生度外,决然回国,

献身科技,竭虑殚精。

寿至期颐,呕心沥血,倾尽余晖化彩虹。

丰碑树,乃做人典范,民族英雄。

【出处】《诗词月刊》2010 年第 4 期,第 21 页。

念奴娇·悼念钱学森先生

余德浩

苍天降雪,巨星落,华夏亿民悲切。

民族脊梁人敬仰,钱老清风高节。

赤子情怀,浩然正气,国色何皎洁。

一星两弹,无私曾献心血。

传奇壮阔人生,为中华崛起,航天报捷。

大漠荒沙留足迹,沥胆披肝戈壁。

百岁元勋,丰功伟业,当代谁人及?

人民永记,丹心光耀明月。

【作者简介】参见余德浩诗作《忆钱学森》。

【出处】北京诗词学会编:《诗词园地》2012 年第 4 期, 第 9 页;另见北京诗词学会编:《北京诗苑》2016 年第 3 期, 第 46 页。

浣溪沙·悼钱老

余家金

科学巨人华夏魂,太空开拓扭乾坤,文明古国焕青春。

智慧之光同日月,一星两弹建奇勋,丰碑高矗并昆仑。

【作者简介】余家金,湖北孝感国营万峰无线电厂职工。

【出处】《诗词月刊》2010 年第 3 期,第 42 页。

调借《鹧鸪天》·题赠钱学森院士

张飙

一星两弹最元勋,学至精微广如森。

力学航天事业创,思维人体揭秘深。

系统巨,宏论新,万难更韧炎黄根。

遍洒慧露润华夏,德高功伟乃科神。

【作者简介】张飙,历任《科技日报》总编,中国艺术报社社长,中国书法家协会顾问,中国书法家协会驻会副主席、党组书记,中国书法家协会中央国家机关分会会长,中国书法家协会评审委员会主任等职。 中华诗词学会会员。 著有《张飙诗词选》等著作多部。

【出处】张飙著:《张飙题赠两院院士诗词书法集》,文物出版社,2007 年。

行香子·两弹一星

张春桂

国力饥贫,外寇成群。

挽狂澜,护卫乾坤。

攻坚克苦,会战如云。

具天之怒,山之势,海之钧。

河川有幸,美誉长存。

仰丰碑,岁月传薪。

无私境界,奋斗精神。

让威风赞,军风颂,世风尊。

【作者简介】张春桂,历任湖南省衡阳市残联理事长、中共衡阳市委督导员、衡阳市人民政府经济顾问等职。衡阳市诗词学会副会长,湖南省诗词协会常务理事,中华诗词学会会员。著有《泉峰新韵》《泉峰流韵》《泉峰叠韵》《泉峰雅韵》《泉峰清韵》等诗集。

【出处】上海交通大学钱学森研究中心纪念钱学森诞辰 105 周年诗词征集活动应征作品。

行香子·人民科学家钱学森

张春桂

翰墨传薪,著作如云。

写烽烟,一字千钧。

文能唤众,笔可呼群。

教军心振,民心奋,友心欣。

毫端有爱,袖底无尘。

上巅峰,岂避艰辛。

英雄气概,壮士精神。

让家人念,亲人赞,世人尊。

【出处】上海交通大学钱学森研究中心纪念钱学森诞辰 105 周年诗词征集活动应征作品。

行香子·钱学森图书馆

张春桂

气贯王城,色露峥嵘。

历春秋,映带温馨。

曾耕岁月,可见征程。

蕴心中梦,文中宝,史中荣。

功高万古,画映云屏。

自晶莹,不负盛名。

强军富国,风舞龙腾。

具华情调,民风格,树长缨。

【出处】上海交通大学钱学森研究中心纪念钱学森诞辰 105 周年诗词征集活动应征作品。

水调歌头·赞钱学森

张德新

可上九天揽,火箭带精神。

一星两弹,已将浩瀚著经纶。

满载中华壮志,问鼎苍穹豪气,万里起风云。

赤子雄心报,日月铸雄浑。

路艰辛,功卓越,梦缤纷。

烁今伟绩昭世,巨手定乾坤。

舒展千秋抱负,倾注满腔热血,北斗也殷勤。

又别嫦娥去,寰宇有亲人。

【作者简介】张德新,黑龙江省齐齐哈尔市华安机械厂工程师。

【出处】上海交通大学钱学森研究中心纪念钱学森诞辰 105 周年诗词征集活动应征作品。

破阵子·钱学森仙游

张国生

耽业忧民创兴，德高专至风清。

英魂原归黄土奠，热血还回华夏倾。

尽躬为国盈。

早识五师不换，果成两弹耕耘。

杰士春秋千史烁，大漠京都广证明。

钱公仙嘱铿。

【作者简介】张国生，广东省中山市富韵酒店有限公司董事长。

【出处】张国生著：《诗·玩》，中国戏剧出版社，2012 年。

八声甘州·缅怀钱老

张鸣举

看神州大地舞东风,春回睹花姿。

喜江南塞北,长河上下,尽放朝晖。

佳处红拂柳绿,歌曼伴弦丝。

犹见高台处,风卷旗吹。

"长剑""东风""鹰击",又"红旗"林立,君乃开基。

遍思量今古,谁敢与公追?

想他年,呕心劳血,报国家,白首不相违。

今怀缅,倚阑干处,常把师思!

【作者简介】参见张鸣举诗作《钱学森之问》。

【出处】上海交通大学钱学森研究中心纪念钱学森诞辰 105 周年诗词征集活动应征作品。

诉衷情·忆恩师钱学森

张润卿

当年恩师领进门，航天誓命根。

博学高风亮节，受益伴终身。

箭傲立，星飞腾，船独尊。

回顾艰辛，今日辉煌，当颂忠魂。

【作者简介】参见王宗丰、张瑜、张润卿诗作《教育的诗篇——缅怀恩师、身为科学家的教育家钱学森》。

【出处】作者为本诗集出版所作。

江南春·颂钱学森先生

邹吉玲

操伟业，竞风流。

名星天上陨，春水满江愁！

中华儿女常怀念，人品崇高蜚九州！

【作者简介】邹吉玲，江西省作家协会会员，著有《春江花月夜》《红归春恨》《乱世梨花》等。

【出处】上海交通大学钱学森研究中心纪念钱学森诞辰 105 周年诗词征集活动应征作品。

满庭芳·燕双飞

——钱学森与蒋英的爱情故事[1]

佚名

雨打阴窗,风摧兰烬,寂夜箫管幽鸣。

陷身囹圄,寒舍却温馨。[2]

曾记儿时竹马,雏双燕,梅果青青。[3]

逢丁亥,英娘初嫁,嫣笑素纱轻。[4]

归程,听舸笛,流霞舞袖,波映飞琼。[5]

上东岸唐山[6],热泪盈盈。

戈壁神舟射去,啸云汉,驰誉寰瀛。

星光曲[7],绕梁韵乐,百啭脆莺声。

【作者注】

1. 蒋英,钱学森夫人,著名军事理论家蒋百里之女,武侠小说名家金庸之表姐。中国杰出的女声乐教育家,享誉世界的女高音歌唱家。

2. 钱学森归国前,在美国被软禁五年的阴暗日子里,夫妻相濡以沫。钱吹竹箫,蒋弹吉它或钢琴,共奏古典西乐以排解寂闷。

3. 钱与蒋青梅竹马,少时曾共唱一曲《燕双飞》,竟然预言了他们日后结为伉俪,也成了他们偕行万里的真实写照。

4. 钱学森与蒋英,于丁亥年(1947)在上海新婚。

5. 1955年,中国政府以交换美国战俘为代价,经过艰辛谈判,交涉成功。当年9月17日,钱蒋夫妇携子女,从洛杉矶出发,乘"克利夫兰总统号"轮船回国。

6. "上东岸唐山": 按龙谱要求,此句为上一、下四句式。

7. "星光曲",指蒋英曾组织指导的歌颂航天人之《星光灿烂》大型音乐会。

【出处】来自网络,网址: http://blog.sina.com.cn/s/blog_5ec490070100h96q.html

太常引·悼钱学森院士

佚名

千秋功业铸丰碑，

爆两弹惊雷,壮祖国雄威。

呕心血,科苑夺魁。

遐龄寿老,举世同悼,

草木亦含悲,把酒满金罍,

谨遥奠,魂归紫微!

【出处】来自网络，网址：http://tieba.baidu.com/p/666610485

金缕曲·挽航天之父钱学森

佚名

风雨燕京凄,泪深深,

玉渊潭畔,斯人远行。

极目苍茫云水间,

国人齐哭英灵。

满廖廓,遍是秋声。

当年异乡求学路,

步履匆,都为故园春。

欲报国,陷囹圄。

惊闻中华获新生,挽妻儿,

脱去西装,奔向国门。

挂帅亲征大漠处,

奋斗五年光阴。

刺苍穹,两弹一星。

从此炎黄航天梦,

国旗展,太空赋豪情。

名千古,钱学森。

【出处】来自网络,网址: http://bbs.cnhubei.com/misc.php? mod=mobile

千秋岁·悼念钱学森逝世

佚名

将星陨落,穹宇光莹烁。

强国梦,平生烙。

学成惊四海,名厚人还寞。

艰辛后,跨洋决绝归来鹤。

大漠风沙恶,铸剑心踌躇。

经霜雨,飞天乐[1]。

山河留重器[2],百代传魂魄。

冬去也,九州羸弱已为昨[3]。

【作者注】

1. "飞天乐",指中国第一颗人造地球卫星上天后响彻云霄的《东方红》音乐。

2. "重器": 国防重兵器。

3. 调依《钦定》,上片五字句,不用对仗。 下结"已"出律。

【出处】来自网络（中华诗词网），网址： http://bbs.zhsc.net/thread－549508－1－

1.html

踏莎行·悼钱学森

佚名

久恨霜飘,春常剪翠,遗情惊动银星坠。
旅魂长空睨东风,仰天期盼留祥瑞。

两弹升天,一星振翅,中华赤子皆春意。
鬓霜试剑志青云,吟诗影碎轻垂泪。

【出处】来自网络,网址: http://blog.sina.com.cn/s/blog_4dcf19590102vvgt.html

破阵子·悼钱学森

佚名

赤子归国报效,埋名隐姓攻坚。
文弱书生堪万骑,两弹一星新纪元,许身戈壁滩。

见证昆仑屹立,横空出世擎天。
时代脊梁功业举,心底无私天地宽,姓钱不爱钱。

【出处】来自网络,网址: http://tieba.baidu.com/p/664225627

柳梢青·深悼钱学森先生

佚名

赤子情痴,浮华尽舍,坦荡襟怀。

勤谨茹辛,炎黄大业,赖尔雄才。

为国功隐名埋,华夏盛,千秋未来。

今送君西,京华飘雪,身后洁白。

【出处】来自网络(中红网),网址: http://www.crt.com.cn/news2007/News/jryw/
1583118112J2FJCKJADHAB6GA97BAG.html

蝶恋花·沉痛悼念中国航天之父钱学森

佚名

国摧栋梁人失杰,丰功伟绩世代永不灭!

英灵飘然升九霄,祥云异霞天神接!

借问天神何所献? 仙花、美酒、笙乐迎宫阙!

天使急报金銮殿,玉帝迎宾降瑞雪!

【出处】来自网络,网址: http://ido.3mt.com.cn/Article/200911/show
1721333c32p1.html

花落寒窗·哀悼钱学森

佚名

神州悲郁祭钱公，

痛失高人血泪红。

惊海外，梦魂通。

追思星弹巡天际，

载誉寰球老杰雄。

存史册，德声宏。

【出处】来自网络（中红网），网址：http://www.crt.com.cn/news2007/News/jryw/1583118112J2FJCKJADHAB6GA97BAG.html

第三编　时代放歌

太阳丛林

——献给人民科学家钱学森

蔡晖

你——

是中国大地

升腾的蘑菇云

荫佑着古老的山林

黄河漫过干枯的沙漠

长江燃烧成绿色的希望

蜿蜒的长城

站立成擎天的脊梁

迎接一个又一个

日出的太阳

而我，只能捧一杯

飘香的咖啡

细读你威武慈祥的模样

在一个大雪纷飞后的早晨

1

我用闪光的刺刀

划破铠甲般的黑夜

寻找昆仑山的血脉

封冻的大地长满枯草

那些堵塞的血流

结成黑色的隆肿
大雪覆盖了整个山脉
风，依旧呼啸着
刚刚苏醒的海棠花

2
我用闪光的刺刀
划破春天迟归的黎明
聆听天安门前泪飞的炮声
而在彼岸
一个醉倒美国的
女高音却戛然而止
她要和自己丈夫一起
把歌声留给祖国
献给隆隆的炮声
和欢呼的人民
献给牡丹盛开的春天

"回国去！"
"对！回国去！"
温柔的侬语
透出刚强的坚决
1950 年 8 月 23 日
钱学森走进五角大楼

将自己和夫人蒋英的决心
告诉给丹尼尔·金贝尔
美国国防部海军部副部长

那一天
细雨蒙蒙
那一天
天色沉沉
那一天
归心似箭
那一天
泰然释心

钢琴不再鸣响
那些优美的音符
连同科研资料和行李
统统打进归国的行囊
所有的忠诚和灵魂
只属于崭新的祖国
只属于鲜艳的五星红旗
和鸣唱的义勇军交响曲

3
我用闪光的刺刀

划破阴雨绵绵的夜空
观摩一场宗教式的信仰之战
较量在五角大楼
和五星红旗之间展开

"无论如何
都不能放钱学森
回红色中国
他知道所有美国
导弹工程的核心机密!"
金贝尔望着钱学森离去的背影
慌恐地通知美国司法部

封杀的绳索天网
在阴沉的空中生长延伸
39 岁的钱学森
昂首向前
把长长的背影
留给美利坚合众国

金贝尔不明白
这位刚刚上任的
加州理工学院
喷气推进中心主任

放着高官厚禄不要
为什么要回到一穷二白的
红色中国

"不能！坚决不能！"
美国移民局出最后命令
"禁止离开美国！"
1950 年 9 月 7 日傍晚
遭监视的钱学森
在两个月大女儿的哭声里
被移民局以莫须有的罪名
从洛杉矶家中拘捕带走

铁窗　黑屋
潮湿　折磨　饥饿
审讯　封官
加薪　诱惑　许愿
圣佩罗湾
美丽的特米诺岛上
特工们撕下最后的伪装
脱下最为华丽的服饰
"只要留在美国
为我们服务
你和你的全家就即刻自由"

沉默回答着寂寞

寂寞弥漫着

死亡般的监牢

15 天，整整 15 天

钱学森体重掉了 15 磅

他用 15 磅的燃烧

让自己在诱惑面前失语

令黑暗退去

4

我用闪光的刺刀

划破浓雾的云层

寻找太阳耀眼的光明

即使做一粒尘埃

也要投向真理的怀抱

人生最隆重的典礼

便是爱情最甜蜜的时刻

1947 年秋天

钱学森和漂亮的蒋英

在洋都上海结婚了

这是一场醉迷外滩婚礼

名震全美的帅哥教授

迎娶了世界上
最为美丽音乐家
上海滩多少姑娘和少爷
从此彻夜失眠
悔己生妒

南京的国民党政府
为此也送上大礼
聘任钱学森为
上海交通大学校长
然而,沉浸新婚甜蜜的钱学森
拒绝了这份"美意"
拒绝是那么坚定
"我不愿为这个民不聊生
的政府粉饰太平"

婚礼上
他放声朗诵
诺贝尔获奖得者尤里的名句
"我们要消灭众生的
困苦与匮乏
带给他们愉悦和美丽"
他告诉友人
未来的中国属于共产党

三年前

他不愿留在中国做校长

三年后

他放弃美国的一切

迫不及待要回国

即便是被关进监狱

也要回到中国

就像游子眷恋故乡

月亮追赶太阳

5

我用闪光的刺刀

划破冰冻寒冷的大地

追寻春天的气息

而你,却在囚禁的家中

从一杯杯龙井里

品尝新中国春天的味道

绿色的跳跃

如你向往的心跳

你的心

已经回到了祖国

而手中的笔

默默书写着《工程控制论》

书写你对人类未来的

科学追求与设计

苦难也许会使一些人消沉
但对有志者来说
也许又是最好的升华
五年的家中软禁
一切的封锁和监视
并没有让你沉沦
你每天要做的
就是准备回国和
在等待中的继续研究

心在哪,哪就是春天
根在哪,哪就是故乡
就像葵花向阳
只要有一线光亮
你绝不会将目光投向别处
哪怕身后堆成金山
你只崇敬春天

6
我用闪光的刺刀
划破黑暗的牢笼
不为解放自己

只是想追求真理与光明

你没有忘记

1932 年 1 月 28 日

日本人对上海的狂轰滥炸

目睹同胞鲜血流成长河

你痛恨日本的飞机

你发誓一定要"航空救国"

为国家插上强盛的翅膀

用那长城般的翅膀

击碎黑暗

护佑劳苦大众和亲人

于是,你上交大入清华

把书读到了美国

读到了加州理工学院

读到了世界闻名的

空气动力学家冯·卡门的门下

你用全部智慧和心血

创造了属于自己的

"卡门-钱近似"公式

解决了高音速飞机

设计制造的最大难题

你参加了
由冯·卡门学生马林纳等人
组成的"火箭俱乐部"
在这个被讽刺为
"自杀俱乐部"里
你发表了被火箭研制小组
誉为"圣经"的火箭研发论文
成为理论设计师
最终使火箭发射升空

你参加了
马林纳、威因鲍姆
杜布诺夫、贝丽的
"学习小组"
在那里你读到了
《资本论》和《反杜林论》
认识了马克思主义

你并不知道
"学习小组"是
美国共产党的外围组织
但你明白
你从那里找到了
打开黑暗世界的钥匙

为灵魂插上了
属于自己的翅膀

7
我用闪光的刺刀
划破漫漫夜空
不为拥有星星
只想看到永恒的太阳

1955 年 10 月 8 日
钱学森和家人回到了祖国
一个令他兴奋的
崭新中国
从深圳踏进内地的那一刻
钱学森泪流面颊
仰望着五星红旗
他站立了许久许久

泪花里
是一颗颗金色的太阳

8
我用闪光的刺刀
划断身上所有的锁镣

行进在如画的大地
追寻已久的梦

笑脸迎着笑脸
泪水连着泪水
那一刻
你和祖国握手
那一刻
你和人民拥抱
胸中早已汹涌波涛
海风伴着芬香
拂过你英俊的脸庞

轻轻的漫步
生怕踩坏了地上的春芽
慢慢的行走
让我把新中国看个够

那些已经燃起的激情
让群山沸腾
"我们能不能有
自己的火箭和导弹?"
"能!一定能!
外国人能造的我们同样能造!"

你的回答坚决掷地

声响山川

你亲任中科院力学研究所长

上书中央要搞自己的火箭和导弹

毛泽东把你请到身边说

美国人说你值 5 个师

我看你比 5 个师大得多

1958 年 10 月 6 日

中国首支地对空导弹

部队在北京成立

1959 年 10 月 7 日

这支部队用地对空导弹

击落一架美军高空侦察机

开创了全球先例

世界震动

全国欢腾

初步的胜利

并没有让你冲昏头脑

探索的道路刚刚开始

1960 年 7 月 16 日

中苏关系恶化
苏联政府撕毁协议撤走专家
中国的导弹事业陷入低谷
"苏联压不倒我们!"
你第一个站出来
为低迷的研制事业
鼓气加油

豪言背后
是泰山般的压力和
耗之欲干的心血

1960 年 11 月 6 日
中国第一枚
地地导弹发射成功
精确命中 554 公里处的目标
这个代号"1059"的导弹
就是威震神州的"东风一号"

从苏联专家撤走
到地地导弹成功发射
短短三个多月时间
这种神来之速
只新中国才有

只有钱学森
和他伙伴们才能做到

东风吹
战鼓擂
现在世界究竟谁怕谁
……
这是中国百姓的歌声
也是中国挺起来的脊梁

9
我用闪光的刺刀
划破苍穹
不为炫耀武力
只因世界和平

"建立我们自己的
高水平导弹技术系统"
"东风一号"发射成功后
中央提出更高技术要求
"先搞中近程导弹
再向中程
中远程
远程导弹发展"

此刻,你没有任何语言
握紧的拳头
节骨嘎嘎作响
汗水如挥雨淋漓
砸在地上的汗珠
击碎荒亘戈壁

你把自己泡在车间
泡在研究室
泡在试验场
泡在昼夜不分的激战中
你和伙伴红眼对红眼
你和伙伴脊背靠脊背
头发撒落图纸
撒满草原大地

终于,我们有了
完全自行设计的导弹
终于,我们在 1964 年 6 月 29 日
成功发射了 1 000 公里的
命名"东风二号"的
中近程地对地导弹

1964 年 10 月 16 日

我国第一颗原子弹

在罗布泊上空爆炸成功

腾空而起的蘑菇云

带着你的梦

久久盘旋在湛蓝的天空下

而你,把拳头握了又握

1966 年 10 月 26 日下午

你亲临发射现场

组织原子弹与导弹对接

并进行通电试验

将两弹无缝完美结合

10 月 27 日 9 时 9 分 14 秒

导弹核武器在 894 公里外

精确命中目标

在预定高度实现核爆炸

你流下了欣慰的泪水

泪水淹没了欢呼的人群

爬行的长城站立起来了

中华民族腰杆子

从此更硬了

世界和平的目标更近了

你暗暗为自己打气

10

我用闪光的刺刀

划破宇宙

探寻人类的秘密

寻找播种太阳的土地

天际传来的《东方红》乐曲

是中国人心中最美的神曲

而你,是那乐曲中

最美最美的音符与旋律

"东风三号"

"东风四号"

"东风五号"

将美妙音符的距离

从 2 000 公里

2 500 公里

延伸到万里之遥

你知道

中国人心中的《东方红》

绝对不是一个人的独唱

也不是一代人的合唱

而是,中华民族三千年

内心的歌唱

我们沉默得太久太久
我们贫穷得太久太久
我们习惯了看外国人的
洋枪洋炮和狗一样的脸色
还有,横行霸道
和趾高气扬
但是,但是今天
不！是现在
对！就是现在
我们要让中国人
要让我的父亲母亲
和父老乡亲兄弟姐妹
扬着他们高贵的头颅
把《东方红》唱个够
一直唱下去
唱它个世世代代

和平的太阳
不是每天都有
但守护和平的武器
一天都不能没有
就像空气和水

你没有忘记

毛泽东对你的嘱咐

"搞不出洲际导弹就睡不着觉"

你更没有忘记

没有洲际导弹

新中国在国际上

就站立不稳没有说话的权力

豆腐腰是支撑不了

一个大写的人

你又握紧了自己的拳头

继续寻找播种太阳的土地

11

我用闪光的刺刀

划破沉睡的大海

探寻播种太阳的土地

让波涛成为守护太阳的武器

你对大海并不陌生

多少国仇家恨

多少屈辱伤痕

多少丧权卖国

都与这大海相关

就连自己求学回国

风雨飘摇

也在这个大海之上

你要在大海上筑壁划界

建起中国的铜墙铁壁

"核潜艇

一万年也要搞出来!"

你永远也忘不了

1958 年毛泽东主席

遭到赫鲁晓夫拒绝时的愤怒和决心

你将最后的智慧与心血

沁入辽阔的大海

潜沉到中国海上大陆

让核潜艇和水下导弹

沿着祖辈的脚步

在东海南海不断生根落地

纵使汹涌波涛

贼人眈视

12

我用闪光的刺刀

划破死睡的沉默

在一个雪夜之后的早晨

喊醒自己

为一位百岁老人

一位前辈和一名老军人

一名中国共产党最忠诚的老党员

共和国惟一的"国家杰出贡献科学家"

写下浅薄的文字和诗句

纪念自己心中的崇高与英雄

【作者简介】蔡晖，新华社军事新闻信息中心主任、高级记者，中国电视艺术家协会理事，中国航天第十二研究院钱学森创新委员会委员。 著名评论家、诗人、散文家、书法家。 著有《昨日春秋》《秋夜思塘》《多情雨季》《内部报道》《永远的旗帜》等。

【出处】作者为本诗集出版所作。

您或许不认识我们

——悼念钱老

房贵祥

您或许不认识我们
但我们熟悉您光辉的一生
课本里,著作中
您是我们永远仰视的大旗

您或许不认识我们
但我们踏上过您曾经走过的戈壁
那胡杨挺拔、风沙纷飞的世界
您就是在那里
放飞了中华民族的导弹火箭

您或许不认识我们
但我们也算是同事
五十年后
我们有幸在您创建的研究院就职
不由引以为自豪并激动不已

您或许不认识我们
但我们也是您的学生
在航天事业里
我们就是沿着您的足迹

一步一步

为国家富强和民族复兴不懈努力

您或许不认识我们

但我们难舍您的离去

雪花飘舞，素裹大地

那是上天对巨星陨落的惋惜

敬爱的老院长

请您放慢脚步

回头

看看中国航天的辉煌成就

或许就是对您最大的慰藉

【作者简介】房贵祥，中国运载火箭技术研究院战术武器事业部工作人员。

【出处】中国航天科技集团公司企业文化部编：《风雨建国路　拳拳航天情——新中国成立六十周年纪念文集》，中国宇航出版社，2009 年。

颂钱学森

冯彦章

他是真正的中国人
他有一颗爱国心
他满载国外学习研究的成就
回祖国报效伟大的母亲

他放弃国外的优厚待遇
他蔑视一切名利地位
他冲破重重阻拦
毅然决然踏上回国征途

他用自己的一切智慧
他用一颗赤诚的爱国心
全心全意搞科学研究
研制成功两弹一星

中国拥有世界大国地位
因为中国有两弹一星
他是中国人民忠诚的儿子
他是中华民族的英雄

他是伟大的人民科学家

他是优秀的共产主义战士

他热爱共产党

他热爱社会主义

他高举马列毛泽东思想

用共产党员的标准

严格要求自己

为捍卫和建设社会主义自奋蹄

大海大洋的水呵

可用斗量可用秤称

他对祖国贡献的价值

无法用金钱衡量

他的爱国思想

将永垂青史

他的无私奉献精神

将世代传承

【作者简介】冯彦章,《吉林大学社会科学学报》编辑部原编辑,副编审。

【出处】作者为本诗集出版所作。

钱学森爷爷颂

甘肃农业大学"钱学森沙产业奖学金班"全体同学

承载着神圣的使命，

您从贫弱的阴霾中起航。

见证了凌辱的痛楚，

解读出历史的沧桑，

为风云激荡的事业伴奏，

开拓强国的另一战场。

因了您的伟绩，

龙族人挺起了骄傲的脊梁。

聚缩了民族意志的精髓，

裂变着时代精神的能量，

您不朽的名字，

与天地同寿，

与日月齐光。

【编者注】

1. 为进一步促进沙产业的发展，钱学森将获得的一百万何梁何利奖金设立中国沙产业基金。 该基金会拿出三万元，甘肃省沙产业促进会和甘肃农业大学配套相同资金，在甘肃农业大学特设立"钱学森沙产业奖学金班"。 该诗为 2006 年"钱学森沙产业奖学金班"全体同学为祝贺钱学森 95 岁寿辰而作。

2. 题名为编者所拟。

【出处】上海交通大学钱学森图书馆馆藏。

在太空，你谱写着惊天动地的诗篇

——献给钱学森院士

郭日方

箭击长空,他用攀星摘月的勇气,写下气壮云天的诗篇。

当我们的"长征"号火箭

挣脱 5 000 年的混沌

直插云天

当我们的"东方红"卫星

冲破 5 000 年的迷茫

飞速旋转

当我们的洲际导弹

驱散 5 000 年的阴霾

击中目标

当我们的"神舟五号"飞船

满载 5 000 年的梦想

胜利凯旋

我们每个人的心中

都深藏着一个感激

一种思念

那么多的航天事业先驱

那么多的工程技术人员

为了中华民族的荣光

为了共和国的尊严

几十年呕心沥血

几十年卧薪尝胆

他们　付出了多么巨大的牺牲

他们　作出了多少无私的奉献

于是　我们想起了一个人

想起了钱学森　想起了这位

　　"中国航天事业之父"

他用绚丽多彩的人生

和对祖国母亲的　忠心赤胆

在茫茫太空　谱写了一部

如此惊天动地的诗篇

是的　从6岁起他就用飞镖写"诗"

写飞天的梦想

写风云的变幻

写父亲母亲的微笑

写冯·卡门恩师的指点

38岁　他就成为世界流体力学的

开路先锋　和卓越的空气动力学家

虽在异国他乡　他的笔尖下流淌着的

依然是黄河长江的波涛

和对祖国母亲的思念

当新中国的礼炮声　越过大洋

催动赤子归航的脚步

他却被美国政府投入了监狱

说什么他装着"机密资料"

说什么他是共产党员

然而 铁窗牢笼可以囚禁

他的人身自由 却锁不住

他的归心似箭

于是 他冲破重重阻挠

踏着太平洋的波涛

扑进祖国的怀抱 将

　"嫦娥奔月"的梦想

写进了蓝天

在他的指挥下 我国的

第一枚"东风一号"导弹

挟着狂风雷电 拔地而起

第一颗"东方红一号"卫星

载着嘹亮的歌声 遨游云天

啊 第一枚洲际导弹

啊 第一艘航天飞船

第一枚"一箭双星"

第一枚潜艇导弹……

曾在人类文明史上创造了

无数个第一的中华民族

今天 又在飞向宇宙的旅途

划出了多少道美丽的弧线

有太阳引路 有星星作伴

我们中国人 第一次

箭击长空　用攀星摘月的勇气

写下了　气壮云天的诗篇

你看　钱学森笑了

笑得那样开怀

笑得那样甜蜜

当祖国人民把第一枚

国家最高科学金质奖章

戴在他的胸前

他只是微微一笑　他说

一切成就归功于党　归功于集体

他只是集体中普通的一员

这就是我们的钱学森

这就是我们的科学家

在斧头和镰刀织成的党旗下

他是一位　真正的共产党员

【编者注】2012 年 5 月 26 日，该诗作在中国科普作家协会等四家单位联合举办的"科学的星空"诗歌朗诵演唱会上，由著名播音指导于芳朗诵。

【作者简介】郭曰方，中国科普作家协会副理事长，中科院文联主席。 历任国务院原副总理方毅秘书、中国科学报社总编辑、中国科学院机关党委书记等职。 著有《共和国科学家颂》等诗文集。

【出处】郭曰方著：《共和国科学家颂》，江西高校出版社，2007 年。

钱学森

何以刚

"一个钱学森,能抵五个师",

西方国家也有慧眼,

为了不让您出走,

设了道道障碍,锁了重重铁链。

您是华夏后人、炎黄子孙,

胸有爱国的拳拳之忱,

经过艰难曲折,越过严密封锁线,

终于神秘地向着祖国启程。

知识、智慧、忠诚,

向着"两弹一星"高峰攀登。

您给中国人长了志气,

中国人向您举手致敬。

党和国家授予您"国家杰出贡献科学家"荣誉称号,

这崇高的荣誉像天空的巨星,

神州的科技丰碑镌刻着您的光辉名字,

钱学森啊,钱学森。

时代放歌

315

【作者简介】何以刚,广西民族大学教授。 著有小说《盘老爷爷》、散文集《炎夏,偏登火焰山》等, 出版《跟着新中国》《毛泽东写作理论与实践》《美学散论》等学术著作 11 部。

【出处】何以刚著:《何以刚"十六行诗"一百首》,当代文艺出版社,2010 年。

亲切的关怀

——毛主席接见科学家李四光、钱学森（诗配画）

纪学

身挨红日,遍体暖热,

春风吹开了心花朵朵;

伟大导师和科学家一起,

侃侃而谈,坦怀畅说。

毛主席恳切的指点,

使人感到满心喜悦。

毛主席殷切的期望,

攀高峰要有革命气魄。

攻克难关,献计出力,

沸腾着周身热血;

呵,亲切的关怀变成了:

卫星腾空,石油翻波。

【编者注】油画《亲切的关怀——毛主席接见科学家李四光、钱学森》作者为孙文超,于 1979 年创作。 其创作背景为: 1964 年 2 月 6 日下午,毛泽东主席在中南海接见钱学森、李四光、竺可桢三位科学家,谈科学技术问题。 此诗为该画的配作。

【作者简介】纪学,原名吴纪学,《解放军报》原副主编,中国作家协会会员。 著有诗集《把目光投向明天》《东欧·东欧》《窗口风景》,报告文学集《蜜月行动》《蓝色三环》《朱德和康克清》,散文集《我们的元帅》《红纱巾下比基尼》《瞬间俯览》等。

【出处】上海交通大学钱学森图书馆馆藏。

钱学森

梁桐纲

那年，当我国的卫星进入浩瀚的星河，

万里云天便多了一只眼睛不停地闪烁。

那年，"两弹结合"成功地升起蘑菇云，

中国，巨人般威武地屹立世界之林。

于是，一个高大的身影走进我的心——

"中国航天之父""火箭之王"钱学森。

长相忆，当新中国的太阳照亮东方，

放弃美国的一切回到祖国，你话语铿锵。

你为中国近代力学和系统工程理论奠基，

祖国航天科技事业插上腾飞的双翼。

星转斗移，高山屹立，祖国不会忘记，

"两弹一星"，你创立下的辉煌功绩！

【作者简介】梁桐纲，河北省公安厅政治部《警视窗》杂志社副编审、主编室主任。 中国作家协会会员，中国艺术摄影学会，河北省作家协会、省民间文艺家协会、省电影评论学会、省民俗学会、省新闻摄影学会会员。 著有报告文学集《荡浊行动》、诗集《橄榄林恋》，主编有《〈外国文学〉（自学指导）》、电视剧《阴谋的杀戮》（剧本）等。

【出处】来自网络（河北法制网），网址： http://www.hbfzb.com/html/2015/wenyizuopin_0901/6286.html

献给钱学森（三首）

刘为民

一、计算尺

　　钱学森曾用著作《工程控制论》的奖金买国家公债得到本息万余元。1961年秋,他将其捐给中国科技大学力学系,为学生每人买了一把计算尺。

奖金——公债——捐款,

为国分忧,您多作贡献!

培育英才,您披肝沥胆!

计算尺啊,量不尽师恩情谊,

分分秒秒,情动万千学子,

日日夜夜,至今身受同感!

看游标,追踪世界进展,

读刻度,抒发豪情无限!

科技创新,您精思妙算;

在教书育人的中华典册里,

您设立起永恒的尺度标杆:

用精益求精的原则和目光,

洞察这上下游移、纵横变幻,

统帅新时代的教、学、研……

【出处】上海交通大学钱学森研究中心纪念钱学森诞辰105周年诗词征集活动应征作品。

二、月球仪

钱学森在93岁寿诞之际,收到学生孙家栋赠送的礼物——一架月球仪。

玲珑精致的月球仪——

手温依存,饱含寄寓。

面对它光艳的球体,钱老啊,

您目光闪出星空的亮丽和

无尽的思考、向往及追忆……

您把它珍藏在书柜里,

举目可见,触手可及——

陪伴您欢乐开怀,笑容可掬。

审视月球仪,神游超天宇!

体现了高科技的师生情谊,

凝聚着航天人的豪迈志趣。

您说:这件礼物我最喜爱!

您爱的是:报国情深,满天桃李!

您喜的是:月宫要迎来五星红旗!

【出处】上海交通大学钱学森研究中心纪念钱学森诞辰105周年诗词征集活动应征作品。

三、剪报

钱学森一生积存自制剪报 24 500 多份,共 629 袋,满列几大书柜,蔚为壮观。

细读精选,篇篇章章,

剪正贴齐,长长方方。

岁岁年年"报"不同,

年年岁岁"剪"同样:

剪出科技精华,

剪出时代风尚,

剪出民族智慧,

剪出创新思想,

剪出信息品貌,

剪出发展方向,

剪出历史神采,

剪出警世辉煌!

剪报是高品位"富矿";

剪报是多声部"合唱"。

伴随钱老的一生啊,

从教、学、研,

入军、政、党。

这层层叠叠的剪报,

成就为现代化百科殿堂,

展示超人的学术神髓,

和跨越时空的思想脊梁:

技术道术,情商智商；

究竟灵境,超前超常……

继承钱老的剪报传统啊,

渊博加拼搏,无畏即疆；

求知为求索,图新更图强！

【作者简介】刘为民，中国人民公安大学校长办公室原副主任，教授。

【出处】上海交通大学钱学森研究中心纪念钱学森诞辰 105 周年诗词征集活动应征作品。

"两弹一星"元勋

——钱学森

刘业勇

总是那么善目慈眉

祖父般的微笑永不消退

亲切的话语是和煦的风

爱,如春雨

浇灌着森林般拔节的子弟

然而,就是您搞出了威力无比的尖端武器

原子弹氢弹按照您的理论

如盛开的花朵相继爆炸

炸出了中国人的威风

人造地球卫星

又顺着您的目光升空

绕着五洲四洋

播放着那首象征着中国人民

翻身得解放的乐曲

中国人民已经站立

两弹一星使中国胸膛挺起

50多年前归去来兮

您怀揣一腔报国情

带着装满知识的行李

从大洋彼岸一头扎进祖国怀里

在实验室在研究院

在人迹罕至的大漠

在寸草不生的戈壁

展百般武艺献浑身智慧

粗茶淡饭一身布衣

把人类最顶尖的理论和成就

——化为现实

令全世界刮目相看

投向中国的目光

写着一束束钦佩

今天,历史渐渐远去但您的音容笑貌却愈加清晰

您是一个伟大时代的象征

您是一段难忘岁月的记忆

您是一本教科书

您是一部交响曲

您是一面旗帜

您是一座丰碑

您是一个民族的骄傲

您的名字钱学森

永远闪烁着夺目的光辉

【作者简介】刘业勇,《解放军报》主任编辑,大校。 中国作家协会会员,中华孔子学会常务理事。 著有诗集《绿兵》、散文集《灵魂实验室》、报告文学集《军旅回旋录》《中国大女铁闻录》《天国沧桑》《中国军警大揭秘》等。

【出处】2009 年 7 月 7 日《解放军报》。

致钱学森

刘渝庆

中国的火箭之父

偏爱华夏的西部风情

和亚细亚粗犷壮美的地平线

在月城的清风雅雨中

在大漠雄风和高原狂飙中

放飞冲天巨龙

发表燃烧的东方图腾

一次次穿越遥远穿越永恒

将闪光的载体和东方人的睿智

成功地播种在

太阳系的一角责任田里

绰约成银河的灵性之花

哦　志在长空　情系天外

一生选择伟大恢宏的长天专业

目光读透茫茫太宇

心却始终眷恋脚下这片热土

【编者注】这首诗写我国航空航天动力科学家钱学森,从华夏到亚细亚,从太阳系到银河,视角广阔深远,语言婉约中见豪放,末句回归到"脚下这片热土",从而升华了全诗的爱国主义思想。

【作者简介】刘渝庆,江苏省泰州机电高等职业技术学校退休教师。

【出处】戈致中主编:《现代诗文诵读(初一年级)》,江苏教育出版社,2001年。

致钱学森老人

刘章

你是一枚不锈的钢钉，

无坚不可入，闪闪发光。

冲开太平洋万里波涛，

回到伟大祖国的磁场。

立起来，像泰山，像昆仑，

做中华民族的脊梁！

多少心血染红朝霞，

多少汗水洗亮星光。

你吸纳一腔民族气韵，

一张口吐长虹千丈！

十年两弹成，

让中国扬眉在世界的东方。

辛苦只有天知，地知，你自知，

世人只能把蘑菇云和飞船仰望。

你让祖国母亲心强体壮，

你让民族圆了几千年梦想。

你是知识宝库，无比丰富，

是比铀矿更宝贵的矿藏；

你是科学旗帜，高高飘扬——

在昆仑山下，在日月行走的天上！

【作者简介】刘章，历任河北省兴隆县文化馆副馆长，石家庄市文联副主席、市作

协副主席等职。 著有诗集《燕山歌》《南国行》《北山恋》《刘章诗词》等。

【出处】《中华魂》2008 年第 6 期，第 67 页。

歌颂钱学森

刘政

异乡之夜，冰冷刺心。

繁华他乡，只念一抔黄土。

他国元月，怎看少缺？

母国期盼，心似一支归箭。

为国崛起，卧薪积攒。

东风信起，心念神驰东方。

心若磐石，荆棘畏断。

闪闪五星，照亮浩瀚苍穹。

【作者简介】刘政，山东省泰安市高新区企业职工。

【出处】上海交通大学钱学森研究中心纪念钱学森诞辰 105 周年诗词征集活动应征作品。

听诗人钱学森讲演

绿原

你用数字写诗

你向宇宙朗诵

你让火箭为你签名

你的作品发表在太空

你却没有离开人间

你关怀人间的难弟难兄

你为他们设身处地

你和他们休戚与共

你常为不成功的试验失眠

你才充分体谅他们的苦衷

你是科学家，能从现象抽出规律

你是诗人，又能把规律纳入现象中

你是懂诗的科学家，是懂科学的诗人

你幻想进一步使科学和诗水乳交融

你能把诗引进科学，让人造卫星载歌载舞

你要把科学引进诗，让灵感和定律相通

你从物质的宏观世界来到精神的微观世界

你要研究"创造"的奥秘，开拓人脑的第二信号系统

你理解有人惜墨如金，一个字是一克镭

你惊讶有人日试万言，倚马可待，宛如一架钢琴发了疯

你理解有人字字血，声声泪，几乎掏干了肺腑

你惊讶有人寻章摘句,咬文嚼字,言不由衷

你理解有人在非常气压下谈虎色变,噤若寒蝉

你惊讶有人永远能够滥竽充数,有恃无恐

你理解有人嗜诗如命,能够和诗一起产生聚变

你惊讶有人何以竟是诗歌的天敌,可谓冰炭不相容

你决心探讨这些谁也不敢碰的难题

你说"科学无禁区",你不承认真空

你反复试验感情的蒸馏、冷凝和回流

你发现文艺创造的熵值大于一切理化运动

你已知文艺是一种状态函数

你计算使文艺科学化需要多少功

你寄希望于精神生产的系统工程

你批判"热寂论"在文艺上的一切变种

你确定诗人的坐标是人民的喜怒哀乐

你坚信人民的代言人才是诗的顶峰

你为真正的百花齐放呼唤大智大勇

你预言文艺和科学相结合的万紫千红

【作者简介】绿原(1922—2009),原名刘仁甫,又名刘半九,著名作家、诗人、翻译家、编辑家。 曾获斯特鲁加国际诗歌节"金环奖"、鲁迅文学奖之全国优秀文学翻译彩虹奖、国际诗人笔会"中国当代诗魂金奖"、首届"中坤国际诗歌翻译奖"等。 代表作为《憎恨》。

【出处】《诗刊》1980年第3期,第14页。

钱老和我们在一起（朗诵诗）

马雅莎

男领：

　　那是半个多世纪前，

　　朝鲜战场的硝烟未尽，

　　霸权主义疯狂挥舞着原子弹；

女领：

　　面对核讹诈的嚣张气焰，

　　百废待兴的新中国,怎么办?

男领：

　　中南海发出震天号令(合)

　　我们要搞自己的导弹、原子弹!

女领：

　　辗转回国、肩负重任的钱学森，

　　向周总理建议，

　　搞国防尖端技术,需情报在先。

男领：

　　聂荣臻元帅一声令下，

　　严格挑选一批优秀人才，

　　集结到北京西郊一所神秘的庭院。

情报人甲：

　　报告,钱学森院长，

　　原晋察冀边区情报

　　处长前来报到!

情报人乙：

　　报告，原志愿军情报处长奉命报到！

情报人丙：

　　报告，中央办公厅首长翻译奉命报到！

情报人丁：

　　报告，哈尔滨军事工程学院毕业生奉命报到！

四个小组：

　　报告、报告、报告、报告、（合）报告！

男领：

　　从那时起，

　　前所未有的国防科技情报事业，

　　在科学巨擘的引领下，

　　从无到有，不断发展。

众歌者：

　　何惧那荆棘遍布剑影刀光，

　　何惧那风雨兼程惊涛骇浪，

　　一心要回到祖国母亲怀抱，

　　赤子心科学报国豪情万丈。

　　天下风云胸中激荡，

　　日月星辰使命荣光，

　　热血燃起东方巨响，

　　星耀太空银箭飞翔。

　　啊，智慧点亮心中明灯，

　　科学指引前进方向

待到理想化作辉煌，

鲜花在我心中绽放。

女领：

从那时起，

闻名世界的科学家，

与我们情报人，

结下了不解情缘。

情报人甲：

还记得，

那是在创业初期，

您经常从导弹研制现场风尘仆仆地赶来。

在简陋的食堂里开会，

在透风的工棚里讲学，

您告诉我们，

一线是多么急需技术资料，

您指示我们，

抓紧翻译《导弹概论》等专著，

为前方救急呀。

情报人乙：

我们争分夺秒地查字典、译文章，

您夜以继日地审改、字斟句酌地推敲，

常常过了半夜还不休息，

我们心疼呀，

劝您保重身体，

您语重心长地说：

"不少科技人员靠这些书启蒙呢，

来不得半点含糊不清呀！"

您严谨的科学态度，

使我们获益终身。

情报人丙：

当您知道，

我们把带着油墨香味的资料和译著，

用大篷车和小背篓及时送到科技人员手里；

为两弹一星、银河亿次机等重大项目解决了疑难问题时，

您拍着我们的肩膀，

高兴地笑了。

情报人丁：

记得70年代初的一天，

您神采飞扬地为我们描绘世界网络化的

发展趋势，

您的科学预见，

比真正网络时代的到来提早二三十年！

您的高瞻远瞩，

使我们在30年前，

就率先建成了全国第一家大型联机检索网络。

中央领导、军委首长纷纷前来参观！

情报人戊：

你们看，

钱老办公室的灯光又亮了通宵!

那是改革开放、科学的春天,

您不但频繁往返于潜射导弹、航天领域研制机构,

还坚持每周来到我们中间。

一边指导我们辨识方法、激活信息,

一边倡导系统工程科学思想、推向全国科技战线。

全然忘记自己已是古稀之年!

情报人己:

您那样认真地倾听我们的每一篇报告,

然后逐一点评;

还经常把我们叫到办公桌前,

耳提面命。

80 年代,

您提醒我们洞察下个世纪的科技发展方向,

90 年代初,

您与我们研讨新军事革命课题,

商榷军队信息化建设大计;

一批批顶层战略研究成果,

对国防建设发挥了重要推动作用!

情报人庚:

如今,健全的学科体系,

已践行了您"科技情报是一门科学技术"的学说。

当年的编译室,

已发展成为体系全、手段新、全军最大的综合信息研究

中心，

并已形成我军决策层的思想库、智囊团！

情报人壬：

谁能记得清——

钱老为我们做过多少次指示？

谁又能记得——

钱老为科技情报工作写过多少回书信？

那是我们今生有幸，

能够亲耳聆听大师的教诲！巨匠的启迪！先知的引领！

您超凡的智慧、前瞻的指引，睿智的点拨，

如醍醐灌顶！

催我们顿悟，让我们猛醒，

不断攀向事业高峰！

情报人癸：

事业越是发展，

我们越是怀念您！

至今，我们还保留着，

您当年用过的那套办公桌椅，

每天擦拭，

留下的记忆是那样温暖。

女领：

直到 2009 年 10 月的最后一天，

金秋时节，天降大雪，

您老，离我们远去！

一代巨星永留天际!

男领:

难忘啊!难忘啊!难忘啊!难忘——

创业时你带我苦渡难关,

疑难时你为我驱散谜团,

攀峰时你领我翻越艰险,

胜利时你与我举杯同欢!

啊!情系伟业沥尽肝胆

智慧明灯引我向前

科学巨星功绩伟岸

光耀中华永留人间!

女领:

"国为重,家为轻,

科学最重,名利最轻!"

钱老的一生,

为国人共仰、世人盛赞!

男领:

品高德馨、严谨勤勉、创新前瞻,

钱老的一生,

为无数后人,

树立了光辉典范。

情报人甲:

没有鲜花和掌声,

情报人铭记钱老的嘱托,

甘作根须滋润枝叶,乐于奉献。

情报人乙:

没有奖杯和奖赏,

情报人不忘恩师教诲,

牢记使命与重托、冲锋在前!

情报人丙:

钱老,您看到了吗?

您倾注心血的事业,

已经硕果累累、业绩辉煌,

铭记在共和国国防大业的丰碑上;

情报人丁:

钱老,您听到了吗?

您关心备至的新一代情报人,

正继往开来,

谋划着富国强军的壮美明天!

众歌者:

啊! 智慧点亮心中明灯,

科学旗帜指引方向,

待到理想化作辉煌,

鲜花在我心中绽放。

男女领:

钱老,我们向您报告:

群乙:

报告,我军武器装备建设正加快发展!

群丙：

报告，我国载人航天工程重大试验又获成功！

群戊：

报告，又一批高新技术已经突破！

群丁：

报告，一批新型武器装备已经列装！

情报人甲：

报告钱老！情报人，请你检阅！

【编者注】该剧曾获全军文艺汇演一等奖。

【作者简介】马雅莎，解放军原总装备部高级工程师、一级导演，中国国防科技信息中心编导，完成《飞天之路——中国载人航天工程纪实》等诸多电视纪录片，在业内享有"中国航天第一导"之美誉。

【出处】《神剑》2011 年第 2 期，第 151—153 页。

钱学森

石克

在那里功成名就，

在那里何止小康；

那是多少人终生的梦境，

那是多少人憧憬的天堂。

你挥挥手断然告别，

回新中国——那贫瘠的家乡。

哪知归国的危险超乎想象；

"人权"王国不见了人权，

一声"莫须有"捕进牢房。

恐吓监控动摇不了初衷，

五年，写下了一个"海归"的传奇：

你踏平了太平洋的骇浪！

只有造桌子板凳的基础，

能不能摘下高科技的"月亮"？

当有人试探着询问，

你的回答何等铿锵：

外国人能干的，中国人也能干，

我们不比人短斤少两！

是一粒高科技的火种，

点燃起燎原的火光；

是一股青藏高原的雪水，

有着万山挡不住的倔强。

当两弹一星横空出世，

谁不说你是支撑的栋梁！

当你悄悄离去，

却留下无尽的能量。

它藏在人们的心底，

它在日夜潜滋悄长。

有一天它火山一样喷发，

世界的天平不再倾向西方！

【作者简介】石克，原名曹建平，《中华魂》杂志社原副主编。

【出处】《中华魂》2010 年第 1 期，第 63 页。

钱学森之歌

——纪念中华民族的优秀儿子、伟大的科学家钱学森

石绪军

1949 年,五星红旗在天安门冉冉升起,

新中国刚刚成立,

祖国母亲发出了对海外学子的呼唤。

钱学森,一位远在美国研究航天科技的中国人,

内心激荡起如波涛般的浪漪,

"回国,回国,我要用我所学为祖国服务!"

这样的信念在他心中坚定不移!

美国当局穷尽无数伎俩,

对他极尽干扰、阻挠,

扣押、监禁、折磨……,甚至使他失语!

海外华侨与开明的科学家们联合向美国政府抗议,

但他们仍然不肯放他离去。

美国的一个将军说:

"一个钱学森,抵得上五个师的兵力,

宁可将他枪毙,也不能放他回去……"

五年艰辛的归国路啊,漫长难期,

五年里,他那拳拳爱国之心感天动地!

伟大的领袖毛主席和敬爱的周总理,

外交中斗争斡旋,荆棘里铺就坦途。

朝鲜战场上俘获的十几个美军将领，
换来了钱学森一家顺利归国的契机。

钱学森，一个"姓钱不爱钱"的钱氏后人，
毅然抛弃了终身教授的荣誉，
果断舍弃了洋房、汽车等物质的安逸，
回到祖国温暖的怀抱！

钱学森，一个胸有千军的大帅之才，
带领新中国第一代科技精英，
奔赴西部茫茫的戈壁。
殚精竭虑创伟业，
荒漠力拓新原野。
以浴火重生之志，
以十年青春岁月，
让两弹一星，在中国大地腾空飞起！

两弹一星，让中华儿女脊梁挺直，
两弹一星，让中国人在世界舞台上有了说话的底气，
两弹一星，让中华民族强盛奋起，
两弹一星，让中国人在太平盛世里有了自信与豪迈！

钱学森，报效祖国，
他是母亲至诚的孝子；

钱学森,忠于祖国,

他是人民景仰的英雄!

耄耋之年的钱学森,

忧虑着中国的教育,

探索着培养杰出人才的轨迹。

他提出的"大成智慧教育",

是未来教育发展的方向。

他发出的创新人才培养之问,

是中华民族要面对的时代课题。

强国之梦系教育,

教育之要在人才。

追寻钱学森成才的足迹,

践行"大成智慧教育思想",

是时代赋予我们的神圣使命!

让我们为国家的和平崛起,

为民族的强盛繁荣,

觉醒,变革,探索,奉献!

让大成智慧教育之花遍开神州寰宇!

【作者】石绪军,教育部基础教育课程教材发展中心《基础教育课程》杂志社原编辑、记者,现为山东省茌平县教育局副科级督学、中国创新人才教育研究会理事。

【出处】来自网络,网址:http://blog.sina.com.cn/s/blog_5edb879901015oie.html

星空也是彩色的

——为钱学森 90 华诞而作

孙旺

原本的星空

是白色闪耀下的黑色。

原来的人们,

躺在地上,数着眼睛,

不计较天空的乏味。

科学家或许是人类中最不安分的因素。

终于,一个叫钱学森的人从中走了出来,

从此,天空浮现出了色彩。

我们在看到自然的同时,

我们看到了自己所捧的颜色,

点缀着星夜,

衍出人们的生活的色彩,Satellite 的时代。

画布原本是白色的,

凡·高、达利将它注满激情。

星夜原本是黑白的,

你为它加以颜色。

是画家的激情凝固成画的激情,

是你的颜色泼洒出天空的美景。

动力学是你展现色彩的舞台,

控制论是你色彩表现的形式。

饮水而出,思源而回,

百斗米不改决心,

千阻挠不变乡情。

世纪回眸百年,

你是交大的自豪;

九十年不懈探索,

中华民族为你骄傲;

隆隆轰鸣,

全世界的人们为你的杰出贡献喝彩。

没有多余的回应,

没有更多的原因,

正因为你是彩色的,

星空也是彩色的了。

【作者简介】孙旺，时为上海交通大学在校学生。

【出处】上海交通大学钱学森图书馆馆藏。

在中国，有这样一支队伍……

汪成为

晨曦霞光下，

长跑队出发，

队长跑在前，

把锻炼的强度加大再加大，

凛冽寒风中，

爬山队冲锋，

荒野人烟少，

探险队寻宝，

队长背挎药篓手持镐，

鉴别着矿石亲尝着百草，

乘改革春风，

设计队开工，

队长亲绘蓝图，

大成智能工程。

在中国有这样一支队伍，

队长是钱老，

钱老人老心不老，

言传加身教。

"我们的动力——中国人的志气，

我们的骄傲——五千年的伟绩，

我们的准则——理论联系实际，

我们的向导——马列主义红旗。"

【编者注】20 世纪 80 年代初，钱学森从国防科研一线领导岗位退下来以后，将主要精力放在从事学术研究上，涉猎领域包括系统科学、思维科学、社会科学、军事科学等现代科学技术体系众多学科领域。 在系统科学领域，他除委托于景元开展系统科学讨论班外，还组织了由王寿云、于景元、戴汝为、汪成为、钱学敏、涂元季等七人组成的系统学讨论小组。 钱学森为该讨论小组的组织者。

【作者简介】汪成为，计算机科学家，我国军用计算机及软件、仿真、建模和军用信息应用系统的早期研制者和组织者之一。 中国工程院院士，解放军原总装备部科技委顾问。

【出处】上海交通大学钱学森图书馆馆藏。

金桔颂

汪成为

　　钱老的思想是深邃的,也是朴素的;是继承的,更是创新的。您是一位自然年龄超过 80 岁的老战士,但您在探索科学真理的道路上,却永远年轻、朝气蓬勃。人民永远感谢您为中国所作的贡献,将会从您的思想中得到启示。愿借"金桔"叙情,祝您长寿!

　　　　不占沃土,扎根岩缝。

　　　　不抢林荫,低垂负重。

　　　　不争俏丽于春日,只盼秋后万山红,

　　　　愿献硕果于人民,寻常百姓共享用。

　　　　色鲜艳,聚天地之灵气,

　　　　果甜美,凝雨露和东风,

　　　　栽遍江南江北均相宜,

　　　　迎来海内海外齐赞颂。

【编者注】1994 年 12 月 11 日,汪成为致函钱学森,并随信附诗一首《金桔颂》。12 月 26 日,钱学森将诗作转寄王寿云、于景元、戴汝为、汪成为、钱学敏、涂元季等七人,并注:"前些天收到汪成为同志写的诗:《金桔颂》,我想这是说我们这 7 个人的集体的,所以复制附上。 这也是我们互相拜年了,祝大家新年欢喜!"

【出处】上海交通大学钱学森图书馆馆藏。

缅怀钱老

王巧连

在国外科研探寻

您忍受了曲折　饱受了艰难

我们经历了八年抗战

经历了解放战争的烽火硝烟

当您回到祖国的时候

"萧瑟秋风今又是,换了人间"

新中国百废待兴

您知难而进　挺身挑起重担

为了国防　为了航天事业

呕心沥血几十年

当两弹一星成功光耀中华

您却清醒恬淡　不屑于浮华的光环

深知任重道远　继续默默奉献

我们心中尊敬的钱老

平易近人　和蔼可亲

称自己是人民中普通的一员

言行洋溢着沧海一粟的质朴

伟大保持着平凡

以一种鞠躬尽瘁的关注

致力中华科技的发展

撰文论述　树知识丰碑

著书立说　立学术经典

钱老胸襟海洋般广阔

留下一生无私的心愿

留下的学术思想　作出的杰出贡献

是宝贵的财富和源泉

令后辈仰慕精神　领略风范

【作者简介】王巧连，中国航天科技集团四院 7414 厂退休职工。

【出处】上海交通大学钱学森研究中心纪念钱学森诞辰 105 周年诗词征集活动应征作品。

倒计时

王迩宾

1964年10月16日，我国爆炸了第一颗原子弹。尔后，氢弹试验成功，“东方红一号”人造卫星发射成功。这是中国共产党领导中国人民在和平时期成功进行的“三大战役”。这一科学盛举，足以铭鉴史册，久远激励后人。

10
罗布泊屏住了呼吸　它听到了
长崎原子弹纪念碑旁不息的呜咽声
更远处就是圆明园跪倒在地时的
一片轰鸣
黄沙　这戈壁上流出的汗水
在这10秒里凝固了　大风
已被晒干　时间正从沙漠里
撤离……　顺着那条古老的
丝绸之路的方向　就是数十万官兵
和科学家走过的路啊
无数的时间
都曾在这里隐姓埋名
9
此刻　中国人的心里一齐喊着
时间的名字　这是瞬间千古中
人们最容易记住的名字
铀听见了　钚听见了　这时间的名字

仿佛是寂静的春天里庄稼嗒嗒绽裂的声音

8

（时间在作最后的撤离……）

沙漠干净了　树已撤离

河已撤离　土已撤离

罗布泊多像一首干干净净的诗歌

时间的短句在从意象中撤离

7

时间醉了　阳光醉了　空气醉了

天空像军人的胸怀一样醉人

大漠像钱学森的名字一样醉人

那军官洪亮的报数声像突然打开了

沉睡在坛子里几千年的酒啊

6

这一秒钟　步子很小　但是它很快就

走进一位将军的肌肤深入血液

差一点就要触摸到他的忧伤了

战争还在一根折断的肋骨上安眠着

而心房处仍然是隆隆的炮声

找不到知觉　他的知觉

在数十公里以外就要暴动了

5

时间最后望了望沙漠

　　——这片被列强称作病夫一般

苍白的肌肤分明是新中国版图上的

一片留白　一片让人思索的段落

或者也可以读作一块长大了的伤疤

以及中华民族兴衰的半页家史

远远地望去　沙漠的一生就是不停地

向中原逃逸的一生

4

而此刻　时间把时间　敲响了时间

正用它扬眉吐气的声音进蜀　入关

下了中原

3

所有的时间　所有的

不朽的时间　隐姓埋名的时间

从雪山草地走来的时间

乡音未改　两鬓已衰的时间

点亮烛火摊开揉皱了的家信的时间

饮用了大量风沙而营养不良的时间

习惯了与家和帐篷一起行走的时间

所有的时间都在撤离　远距离地

在一个站得高看得远的地方

看一幅大写意的中国画像情感一样铺开

2

在脸上在目光里

每个人都能看见每个人的信念　就像

每个人都知道每个人的姓名叫英雄

每个人心里都像国旗飘起来似的那般纯粹

那心跳的旋律就是国歌……

1

一声巨响　在这片曾经连火柴也不能

自己制造的土地上　中华民族

以蘑菇云的方式　燃烧　并站立起来!

【作者简介】王迩宾,山东枣庄市委宣传部调研员。著有诗集《蔷薇岁月》《热血》《热土》《鲁南纪行》《缪斯的琴》(合著)等。

【出处】《诗刊》2011 年第 14 期。

神圣的使命

——缅怀敬爱的恩师钱学森先生

王宗丰

喜闻华夏春雷响，

乐见五星红旗升。

钱老报国心切切，

毅然归来请红缨。

航天,您担起神圣的使命。

这使命燃烧在您心中，

那炽热把朝霞燃红。

蓝天上播种国威，

白云上耕耘强盛。

岁月历经几多曲折，

这曲折环绕您的执着，

执着的心情系航天伟业，

那忠诚令繁星闪烁。

征途上闪耀着岁月的光辉，

长空中响彻胜利的凯歌。

敬爱的钱学森先生，

新一代航天晚辈，

向您庄严宣誓，

您创建的航天事业，

您曾担起的神圣使命，

由我们矢志继承！

【作者简介】参见王宗丰、张瑜、张润卿诗作《教育的诗篇——缅怀恩师、身为科学家的教育家钱学森》。

【出处】作者为本诗集出版所作。

春

——祝钱老长寿健康

吴一

春风送暖万物苏醒

祝您长寿如旭日东升

您的召唤

全体同仁

共振精神

您是一颗最亮的星

您周围有无数群星

光辉灿烂

迎接黎明

您是一株参天大树

屹立现代科技之林

横跨东西

纵观古今

葱绿茂林

迎接新世纪智力战

新的科学技术革命

高瞻远瞩

拨开迷雾

指点征程

您平凡是科学一兵

科学巨人从不自矜

鲜花硕果

业绩辉煌

世所共享

登泰山才识众山小

潜大海方知大海深

您的风范

高山仰止

百川歌吟

【作者注】1995年3月27日子时，我梦见钱老。 梦境是： 会议大厅座满，人群静悄悄的，钱老穿一身中山服，风度翩翩，那么年轻，独自一人自远方来。 我发觉自己从人群中出来迎接，他亲切招呼我，与我握手。 我陪他走上讲台。 他轻声向我说："我渴了，给我倒杯水，好吗？ 谢谢！"我醒了。 梦后情真思切，赋《春》以抒怀。

【作者简介】吴一，安徽省宿松县宿松中学高级教师，已故。

【出处】上海交通大学钱学森图书馆馆藏。

纪念钱老诞辰100周年诗朗诵

邢卫科　王为

一、初音

山河黯,北洋潮

国势颓,似秋草

黄浦江畔惊雷响

广郊黄花分外香

厦将倾,啼血鸟

唯图强,国能保

武昌枪声遏行云

三民主义国人晓

今有神童,家出钱塘

钱王苗裔,名门之光

家风蔚然,幼而自强

敏事好学,神采飞扬

闻鸡起舞,德智俱长

少年心事当拏云,

独坐呜呃又何妨

后赴上海,进读名校

交通大学,东方麻省

学子向往,民众慕名

与天地交,与万物通

英俊济跄,经营四方
"为天下储人才,
为国家图富强"
周虽旧邦,其命维新
交大学生,非凡气象

黄钟大吕成传统
西洋音乐心所属
多才多艺钱学森
背负青天燕雀慕
寄赖科技能救国
孜孜不倦苦先尝
五度春秋殊不易
满腹知识要斗量

俊才磨剑,拯神州板荡
无边风雨,喜世事沧桑
豺狼当道,定灭去豺狼
奸佞横肆,必驱于他方
沧海横流,方显英雄本色
家国沉沦,志士必效贤良
岱岳兮苍苍
云横九派烟茫茫
西北风萧萧

吾辈定为世界光

二、出洋

黄浦浪,笛声浊

意气风发涉重洋

大洋彼岸力登攀

进麻省,难立足

好男儿,意志坚

有志者,事竟成

苦心人,无抱怨

冯卡门生众里精

青出于蓝胜于蓝

"量性双悟智

天人一贯才"

风华正茂立壮志

峥嵘岁月亮寒铓

故国师长多叮嘱

铭于心,莫敢忘

瀚海张弓累技力

二十余载志不移

杨柳青复黄,三更心乱时

昨夜梦何在,明朝身不知

故国既新生,异域怀归日

肝胆日月鉴,家国勿嫌迟

高层阻遏难成行

桎梏五载情更痴

宁夺其命休放过

一人抵过五个师

他国风光虽好

莫如爱国情浓

西风狂飙横催

家国之思殷重

威逼利诱无所动

心急如焚是归程

海关扣行李

家破被困移民局

双方针锋斗

不屈不挠据理争

弃富就贫，同窗难懂

赤子之心，几人道同

潜龙在渊，霜刃未曾试

意志如金，真金岂能铄

欲加之罪料难敌

伉俪情深轻囹圄

三、归乡

艰苦谈判，旷日持久

总理出面，美国技穷

中华敞怀迎赤子

翘首企盼钱终归

跨过罗湖头不顾

挈妇将雏轻囊回

脚踏故土热泪涌

漫漫五载欲穿眸

母盼子归今方到

百般刁难阶下囚

百废待兴,呕心沥血白手起

中华伟业,巨木参天展宏图

名不趋,利不近

国为重,家为轻

舍尊优,弃荣华

生人杰,死鬼雄

排万难,平坎坷

夙夜劳,倾平生

云荒立业,草创家邦

"春风杨柳万千条,六亿神州尽舜尧"

立志强国挽巨澜,才巨竭力不屈挠

铸犁拓荒人团结,丰碑长驻钢铁城

两弹一星惊世路,钱老功绩垂汗青

卫星起泉城,神箭游苍穹

"星际航行分日月,工程控制论精尖

东方绕地红星过,北漠惊天核弹连"

国防高科挑重担,科技报国勇往前

火箭之王,航天之父

桃李满天下,国防重器成

神舟九天揽星月,无愧中华民族魂

迎刃而解热障题,超音飞行梦成真

应用力学辟蹊径,上下临界马赫数

火箭飞机核动力,物理力学探稀薄

工程控制是先驱,社会系统亦同理

人工智能,思维科学

人体功能大学问,系统理论亦精深

九篇专著航空路,三百博文科普门

钱公功高难尽言,十余之父史无前

追随马列忠于党,又红又专敢承担

倡言离经不叛道,思维创新风气先

文理哲并重,集天下大成

与朴初论道,切文化要冲

品胜松柏为世范

怀涵云水堪桢干

抡才抡德抱负展

萧条不再换人间

四、精魂

心存华夏,耿耿五年归国路

两弹一星,成就中国航天父

德高未为富贵堕,粪土功名何况钱

科学巨匠诚谦逊,荣世曜耀一圣贤

西北绝壁留足迹,皎皎月华曾照遍

一介书生带吴钩,猎取天狼昆仑撼

一代风云儿女,纵横驰奔戈壁

人人龙马精神,随心翻天覆地

亦忠亦智,乃哲乃教

默默耕耘,永矢勿谖

碧空书大志,护国敢争先

知遇无不言,六问当局前

惺惺相惜身作则,清风明月永相伴

但愿天公重抖擞,不吝为国降大贤

鬓发染霜,中国感动

巍巍华夏,百姓干城

先生作古,遗志尚存

振聋发聩,钱公之问

水唯能下方成海,山不矜高自及天

此生惟愿长报国,青山永留天地间

高山仰止后辈起,擘画为国谱新篇

欧风美雨中走来,不变爱国之风采

建设热潮中挥汗,遍洒你一腔豪迈

交通大学,人才辈出

承母校传统,继先生遗志

永葆学子锐气,策马扬鞭

铸就交大辉煌,直挂云帆

群策群力,拔剑斩荆棘

同心同德,谈笑凯歌还

五、结语

红日初升,其道大光

河出伏流,一泻汪洋

潜龙腾渊,鳞爪飞扬

乳虎啸谷,百兽震惶

鹰隼试翼,风尘翕张

奇花初胎,矞矞皇皇

干将发硎,有作其芒

天戴其苍,地履其黄

纵有千古,横有八荒

前途似海,来日方长

美哉我少年中国,与天不老

壮哉我中国少年,与国无疆

【编者注】此为 2011 年 12 月 11 日西安交通大学举办的"沿着钱学森走过的路前进——纪念钱学森学长诞辰 100 周年诗歌朗诵会"作品,编者略有改动。

【作者简介】邢卫科、王为,时为西安交通大学汉语言文学专业在校学生。

【出处】来自网络,网址: http://news.eeyes.net/index.php? m=content&c=index&a=show&catid=21&id=126

悼念钱学森

徐宝库

一位伟人驾鹤西去，
全球华人洒泪悲泣。
送别大师一路走好，
功垂史册永不忘记。

五年坎坷归国路，
忠心报国志不移。
十年研制两弹星，
功勋卓著谁能比？

钦仰姓钱不喜钱，
朴朴实实穿中衣。
不争功名与利禄，
为人师表百挑一。

呜呼！
一代天骄逝去，
哭啼啼。
哀哉！
时代巨星陨落，
悲戚戚。

【作者简介】徐宝库，曾任黑龙江省曲艺团二级相声演员，中国曲艺家协会会员。

【出处】徐宝库、徐小轶、徐大勇编：《轶勇文集》。

永远的丰碑
——沉痛悼念钱学森

徐莎莎

海那边　你深情凝望

漫漫回家路

一张旧船票

载着归心

翩然而至

带来飞天的愿望

你的梦

深深植根于

荒凉的戈壁大漠

坚守那片黄土

铺就利剑飞天的航路

你是筑梦者

筑梦飞天

拥抱蓝天

浩瀚宇宙

永远是你

最美的梦境

最真的渴望

一次次鹰击长空

一次次划过天空

书写最传奇的蓝色神话

浩渺太空传来

悠扬的东方红

那是时代的回响

那是赤子最动情的遥望

斯人已逝

精神长存

你的名字

早已镌刻在那座

永远的丰碑上

【作者简介】徐莎莎，山东青年作家协会会员。 10 岁开始创作，被称为"孩子诗人"。 自 2005 年以来，先后发表诗歌、散文 120 余首/篇，获全国网络文学大赛一等奖。 著有诗集《两岸花开》（中国文联出版社出版，作者时年 16 岁）。

【出处】《山东文学》2010 年第 2 期，第 91 页。

颂大师风范（二首）

徐章英

一、巨星大智慧,难忘钱学森

学贯中西,融汇诸多科学领域,

以海纳百川之志,

从顶尖科技,到庞大科技体系的构建,

从系统科学,到复杂性科学的开创,

从复杂性科学,到思维科学、人体科学的延展,

从思维科学,到"大成智慧"的发端,

巨匠以东方人特有的整体思维优势,

完成了从机到人的伟大跨越,

直攀人类智能的高山之巅。

二、宗师风范存,难忘钱学森

一切不愿当教书匠的人们,

正集结在"大成智慧"的旗帜下,

以海纳百川的博大胸怀,集大成,得智慧,

以智慧为本的"慧本主义",

正在颠覆以知识为本的"知本主义"。

探索智慧之谜,

开创属于中国人自己的教育的未来,

这样的星星之火,

必将在神州大地熊熊燃起。

我们期盼聚沙成塔、愚公移山、星火燎原的

这一天的到来,

我们期盼为"钱学森之问"，

交上一份合格的答卷。

仰望星空，

天堂里的钱老，

像天上的北斗一样，

在继续为我们导航，

您永远是我们心中的阳光、温暖和力量

一代宗师,风范永存!

【作者简介】徐章英,江西省教育科学研究所研究员，与钱学森在学术上常相过从。

【出处】上海交通大学钱学森研究中心纪念钱学森诞辰 105 周年诗词征集活动应征作品。

飞翔的路

许向阳

寻找着飞翔的路

寻找着曾经的梦想

孤独旅途　　无助回望　　受伤的故乡

彼岸阳光　　异域洋房　　不是我天堂

给我一双升腾的翅膀

告诉我哪里是爱皈依的地方

我要飞翔　　我要飞翔

越过自己　　越过四季

越过银河闪烁的星光

向远方

寻找着飞翔的路

寻找着曾经的梦想

大海苍茫　　归心渴望　　曙光耀东方

红色旗帜　　黄色皮肤　　别后可无恙

给我一双升腾的翅膀

告诉我哪里是爱皈依的地方

我要飞翔　　我要飞翔

越过自己　　越过四季

越过银河闪烁的星光

向远方

我要飞翔　我要飞翔

越过自己　越过四季

越过银河闪烁的星光

向远方

【编者注】此为中央重大理论文献影视片《钱学森》主题歌词、大型人物传记电影《仰望星空》片尾曲歌词。

【作者简介】许向阳，高级经济师，曾任原总参谋部通信部副团职军工参谋，现为中国科协调研宣传部宣传处处长。中国科技新闻学会常务理事，中国科教电影电视协会常务理事。从事科技宣传电视策划拍摄文献纪录片《钱学森》《钱三强》等；电影策划拍摄故事片《大爱如天》《科协主席》等；音乐制作影视歌曲《飞翔的路》《守望家园》《因为路上有了你》《点燃梦想》等。著有诗集《漂泊的思绪》。

【出处】2011 年 12 月 12 日《光明日报》，原名《钱学森之歌》。

伟大的精神　永恒的事业

——纪念钱学森

薛惠锋

一生希望的是不断探求科学的真谛，

一生所做只为铸就国家安全的基石，

一生思考如何为人类进步作出贡献，

一生是用每一滴滚烫的热血来诠释身为一名中国人的人格本质。

钱学森！每当我一想到您,就有了使不完的劲儿和用不完的力量！

您心中祖国最大！

您心中人民最重！

您是思想的先驱,

您是科技的泰斗,

您是育人的导师,

您是做人的楷模！

披荆斩棘,五年归国路,

惊世两弹,创冲霄一星,

锻造阶梯,供后人攀登。

您让一个缺钙的民族挺起脊梁,

让茫茫太空有了中国人的声音,

为人类文明不断创造新的奇迹！

总问国家,还需要做些什么?

总问自己,还能多做些什么?
浩瀚长空,赤子之心纳胸怀!
铮铮铁骨,霜鬓不坠青云志!

哲人睿思创造出航天伟业,
惊世伟业夺回中国人尊严。
您的和平理想为世界带来无穷福祉,
您用孜孜不倦的奋斗凝铸中华豪情,
您把有限生命化作爱挥洒祖国大地。

在通往宇宙的征途上无私拼搏,
在辉煌事业的长河里永远奔腾。
您的伟大精神是人类最好礼物,
在共和国璀璨星河里永远闪光!

【作者简介】薛惠锋,中国航天系统科学与工程研究院院长,教授,博士生导师。

【出处】作者为本诗集出版所作。

回归的心

薛锡祥

那一片遥望的海，
荡漾思念的爱。
穿越时空万里，
总是真情澎湃。

那一颗回归的心，
燃烧赤诚的爱。
历尽人间沧桑，
依然充满感慨。

开一方世界收获一份精彩，
山高水长家国情怀。
爱到深处却是沉默，
感天动地自有无言的表白。
沉默的剧情诉说传奇故事，
追梦的翅膀托举飞天的豪迈。

【作者简介】薛锡祥，军旅诗人，中国作家协会会员，中国音乐家协会会员。 大型文艺晚会撰稿人，被誉为"佩剑诗人""影视圈内的快枪手"。 著有《心灵广场》《风雪莽昆仑》《青春嫁接》《生命放飞》等多部诗文集。

【出处】上海交通大学钱学森图书馆纪念钱学森诞辰 105 周年大型音舞诗画情景剧《在历史的地平线上》主题歌。

别钱老

薛锡祥

白云苍穹挂挽联，

晴空降雨都是泪。

江河悲鸣，涛声呜咽，

肝肠寸断，举国同悲。

十里长街送钱老，

不是作别，音容犹在，

轻声唤，忠魂归。

人间无处不悼念，

追梦奔月，

迢迢银河路，一里一丰碑。

英名不朽，正气满乾坤，

千秋功业，万古名垂。

与天地同岁，

和日月同辉。

【出处】节选自上海交通大学钱学森图书馆纪念钱学森诞辰 105 周年大型音舞诗画情景剧《在历史的地平线上》剧本。

感动中国钱学森

阎肃

大千宇宙，

浩瀚长空，

全纳入赤子心胸。

惊世两弹，

冲霄一星，

尽凝铸中华豪情，

霜鬓不坠青云志。

寿至期颐，

回首望去，

只付默默一笑中。

【编者注】

1. 2008 年 2 月，钱学森获 2007 感动中国年度人物。此为感动中国推选委员会委员阎肃对钱学森做出的评价。

2. 感动中国组委会授予钱学森的颁奖词为："在他心里，国为重，家为轻，科学最重，名利最轻。五年归国路，十年两弹成。开创祖国航天，他是先行人，披荆斩棘，把智慧锻造成阶梯，留给后来的攀登者。他是知识的宝藏，是科学的旗帜，是中华民族知识分子的典范。"

【作者简介】阎肃（1930—2016），原名阎志扬，著名文学家、剧作家、词作家，中国作家协会会员，中国戏剧家协会第三、四届理事。空军歌舞剧团创作员，空政原歌舞团编导室一级编剧，文职特级，享受政府特殊津贴。历任西南军区文工团分队长、空军歌剧团编导组组长等职。

皆以颂歌

——纪念伟大科学家钱学森

杨道金

在这个充满传奇色彩的世界上，

曾经有这么一个伟人，

他就是为国民提升精气神的科学家钱学森。

当人类迷茫之际，

他用自由的语言变成领先的成果，

让人的梦想遨游太空，

直冲九天登月。

钱学森是思维着的声音，

他用品德表达人生的安静和静穆。

钱学森是奋力的音乐，

终生勤勉而顽强地钻研。

钱学森是自强不息的音符，

永远使人百尺竿头更进一步。

他是我们寻找到人生的感知和理解的审美要点。

钱学森是国家的音阶，

对人类安宁的心境具有强大魅力。

钱学森是社会的和弦，

让人们生活圆转如珠。

钱学森是时代的琶音，
激励我们奋发有为。
他是我们精神的导向。

倘若战争激发了人的恐怖，
勾勒出人惧怕的画面，
惊愕和痛苦的力量，
那么音乐却引起了无穷尽美好的渴望。
这正是崇拜主义的本质，
审美是教育的核心，
浪漫并非科学家的本质。

科学家的价值，
不在于技术的枯燥，
激情从心灵深处迸发出的无穷能量。
一个有品德和修养的科学家，
在于为国家高尚的目的服务。
他懂得了人类真谛，
伟大的思想才是人真正的特性。

科学家的时间和心血，
不是含浑朦胧的音乐，
也不是浪漫派的花朵，
更不是季节更替的浓郁。

他是人类轻灵明快的情感，

凝炼着我们共同的思想。

这是人类华丽豪放的风景。

清泉和音乐，

这是陶冶性情的熔炉。

一个奋进者毕生的爱，

是献给人类最为卓越的妩媚，

直植人的心灵。

他能够使人变得最优秀，

他能让人变得有教养而快乐幸福。

【作者简介】杨道金，领袖传记作家。 历任中国新闻传媒出版集团董事长、世界人物杂志社社长、世界大学生杂志社社长等职。 中国作家协会会员，著有长篇小说、长篇纪实文学等 20 多部。

【出处】作者为本诗集出版所作。

您离我们那么远，却又那么近

——追忆钱学森

杨晓蓉

红枫飞舞的秋日

您阖然长逝

凝视相片才发现

您离我们那么远

却又那么近

您的白发似瑞雪轻拂

昭示着春回大地

您的微笑似栖霞山红枫

温暖人心

您的眼睛是浩瀚长空的星子

坚毅而深邃

您的精神是气势磅礴的蘑菇云

推动时代前进

您离我们那么远

却又那么近

弥留之际

我们抓不到您的手

您却抓住了千万颗心

您离我们那么远
却又那么近
恰似天上的北斗星
我们就是闪烁的小星辰
让我们紧密相连的
是航天的命运

您离我们那么远
却又那么近
两弹一星的精神
已植根于每颗小星辰的心
在您的注视下
我们大起来了,亮起来了

会有那么一天
我们与您在时空隧道相见
把酒问青天
会有那么一天
我们追溯银河之源
探询天外天
会有那么一天
我们月亮之上共欣赏
嫦娥舞翩跹

是的

您离我们那么远

却又那么近

五年归国路，十年两弹成

巡天遥看一千河

您的期待深深

您的步履匆匆

即使明天的明天

我们匆匆追随您的脚步

前方依旧有

太远的路程，太多的荆棘

相信我们永不言弃

因为

您离我们那么远

却又那么近

【作者简介】杨晓蓉，四川航天技术研究院长征机械厂工作人员。

【出处】中国航天科技集团公司企业文化部编：《风雨建国路　拳拳航天情——新中国成立六十周年纪念文集》，中国宇航出版社，2009 年。

不忘功勋钱学森

姚爱英

中华航天城，

豪气冲云天，

长征火箭导弹卫星，

宇宙飞船威震世界，

永远不忘奠基人，

钱学森，

呕心沥血去攀登。

创造中华航天伟业立头功，

艰苦年代毅然回国报效祖国，

开创了中华航天伟业。

功勋钱学森，

人民好儿子，

祖国强盛当作己任，

不求名利无私奉献，

敢吃大苦耐大劳，

钱学森，

航天英雄钱学森。

中国航天从无到有创名牌，

走向世界祖国人民扬眉吐气，

我们不忘功勋钱学森。

【作者简介】姚爱英，浙江省平湖市黄姑中学教师，全国优秀辅导员。

【出处】辛春喜：《钱学森与黄姑中学的笔墨情缘》，载于 2009 年 11 月 7 日《南湖晚报》。

我懂您

——致钱学森

张济　李凌

"人民科学家"，

"两弹一星元勋"，

"科学巨擘"，

曾让多少人高山仰止。

岁月沉淀中，

我用四十年的航天经历，

四十年的虔诚追寻，

步入您的博大深邃，

慢慢地，慢慢地懂您。

我懂了，

您对新中国的向往，

上帝竟也无法屏蔽，

纵是历经劫难上青天，

游子回归不离不弃。

我懂了，

您说中国同样能造得出来，

夸父追日，

追赶的何止是百年差距，

无怨无悔托举民族的崛起。

我懂了，
周公吐哺育英才，
倾囊相授不藏私，
太空一曲《东方红》，
胜似路上百万兵。

我懂了，
博大胸怀酿国策，
拳拳之心献良计，
壮志不泯图发展，
耄耋之年一刻也不歇止。

我懂了，
清风彪炳沐千秋，
甘当一粟献沧海，
一朝投入党怀抱，
历经此生再无憾。

我觉得我懂了您，
可我仍在发现您，
更多地发现，
更深地去懂你——

懂您的至诚至伟，

懂您的至情至义，

您画的那条完美人生弹道，

比彩虹更加永恒更加绚丽。

【作者简介】张济，中国航天科技集团公司燎原无线电厂（四川航天电子设备研究所）党委书记，研究员级高级政工师，中共十八大代表。

【出处】上海交通大学钱学森研究中心纪念钱学森诞辰 105 周年诗词征集活动应征作品。

纪念钱学森

朱海荣

时光静静地流淌

溯着岁月的长河

航天人都在注目回望

钱学森一生的步履……

艰难的国外探寻

无尽的曲折与坎坷

把信念磨得更坚定

把意志炼成钢铁

当您回到祖国的怀抱

以一种非凡的智慧和毅力

闯出一条中华科技发展的道路

科学成就让世界瞩目

享誉海内外

您才思敏捷　言语朴实无华

声望却让人们景仰

爱国　奉献　求真　创新

两弹一星　精神与情怀

成为中国航天永不动摇的支柱

您慈祥的微笑　妙语连珠的讲学

鞠躬尽瘁撰写的论著

深化了国防科技和现代科学的发展

催动了中国现代化历史性的飞跃

让新世纪的科技曙色编织锦绣

走进我们的视野

105 年弹指一挥间

沧海已桑田

60 个春秋

中国航天事业今辉煌

钱老　活在绵绵思念里

活在千古史册上

【作者简介】朱海荣，中国航天科技集团公司四院 7414 厂职工。

【出处】上海交通大学钱学森研究中心纪念钱学森诞辰 105 周年诗词征集活动应征作品。

追忆钱学森

佚名

不知道以我如此卑贱的身份

该如何来祭奠您?

不知道以我如此拙劣的笔墨

究竟该怎样将你缅怀?

不知道此时此刻的您

究竟是悲伤还是忧虑?

是充满对故国

对人民的期望,

还是对现实对未来的

巨大失落?

眼前是一望无际的大海。

在美利坚合众国的邮轮上,

正值青春年华的您,

神情是那样凝重。

科学救国的梦想从此

成为您一生不变的信念。

眼前是一望无际的大海,

祖国在您身后渐行渐远。

渐行渐远的还有

连绵不断的战争和民族的苦难。

异国的海岸离您越来越近，
越来越近的是科学的殿堂，
惊天的梦想。

十五年后的九月十七日那一天，
您冲破重重阻拦踏上了
"克利夫兰总统号"轮船。
眼前还是那片
熟悉而陌生的大海，
荣华富贵名利地位
远远甩在您身后。
艰难困苦忠心报国
成为您一生不曾改变的
铮铮誓言。

祖国在您前方越来越近。
越来越近的还有一方方待兴之业。
千百万人的鲜血
流淌成的长江黄河
在天地间奔涌，
奔涌出古老民族不屈的钢筋铁骨。
千百万人的生命
堆积成的高山
在天地间矗立，

矗立起共和国崭新的梦想坚韧的脊梁。

您就是那铜铸的筋骨铁铸的胆，
大漠深处响起古老民族不屈的呐喊。
您就是那不屈的头颅不屈的脊梁，
浩渺的太空中传来东方红太阳升的雄浑乐章。
您就是共和国土地上升腾起的璀璨星光，
一夜之间将神秘而洪荒的星空照得透亮透亮。
您就是泰山顶上巍峨的青松长城
城头抵御风雨的城墙。

岁月的风雨剥蚀了您青春的容颜，
却永远也无法改变您心中的向往。
不签名，不鉴定。
不阿谀，不骑墙。
您炯炯的目光永远是那样清澄明亮，
似黑夜里的灯盏暗室中的烛光。
您的心志永远是那样高远那样坚定，
半个多世纪的光阴磨砺出东方降魔的神剑，
民族复兴的希望。

钱学森——一个普通中国人的名字。
钱学森——一个令整个世界为之景仰为之震惊的中国人。
"中国航天之父"、

"中国导弹之父"、

"火箭之王"、

"中国自动化控制之父"!

您平凡而伟大的名字

承载了多少龙的传人执着的梦想热烈的渴望!

您是中华民族的骄傲,

您是中国人民心中最璀璨的星光。

可您睿智的目光为什么有些忧郁?

到底是什么东西扰动了您非凡的思想?

您多情的目光为什么总是那样迷恋

这片生您养您成就您的土地?

那一棵棵风雨中摇曳的幼苗

是否牵动您炽热的衷肠?

中国有九百六十万平方公里的土地,

什么时候我们才能真正拥有坚不可摧的强大国防?

中国有三百多万平方公里的海洋,

什么时候我们军队的现代化战舰

才能真正走出国门劈波斩浪?

中国有十三亿颗智慧的大脑,

什么时候才能用我们的双手铸就钢铁城墙?

中国有那么多美丽的学校

那么多聪明的学生

那么多智慧的老师，

什么时候我们才能培养出自己的

爱因斯坦、牛顿、比尔·盖茨？

我不知道，不知道！

不知道您弥留之际握住共和国总理的手

传递出多少遗憾、多少失望？

不知道您在即将踏上天堂之际，

留给我们

留给您深爱的人民深爱的国家深爱的民族

多少期盼多少希望？

半个多世纪前您历尽艰辛回到沧桑的祖国，

用自己勤劳的双手和智慧的大脑

为共和国建造科学殿堂是您一生都不曾改变的信念。

半个多世纪后的今天，

无数已经站立起来已经富起来的中国人依旧过海漂洋，

却只不过仅仅是为了追逐属于自己的梦想。

几十年光阴何太久，

几十载岁月。

还是那方土地，

还是那轮月光。

流星划过夜空，

生命成为绝响。

安息吧，钱老！
愿您的在天之灵
能将我们前行的旅途指引照亮。
愿您睿智的思想
能继续给苦难的民族带来凤凰涅槃的希望。

【作者注】2009 年 11 月 9 日（星期一）于四川西昌。

【编者注】编者略有改动。

【出处】来自网络（天涯论坛），网址： http：//blog. tianya. cn/post － 2239956 －
20013876 － 1.shtm

一百年

——悼钱学森

佚名

在一百年以前，
没有人知道中国的那个明天——
无尽的苦难，在子夜中咆哮。
绝望荒原中，他走来了。

在一百年以后，
多少人难忘中国的这个十月——
无穷的希望，在朝霞中升起。
安宁盛世中，他离开了。

决然告别大洋彼岸，
外籍华人的诺奖为之黯然。
奋然点燃长空火焰，
漫天繁星的璀璨为之失颜。

初冬的雪花，
覆盖了这条百年的道路——
踏着追忆汇聚的雪原。
我们坚强地继续向前。

【出处】来自网络（天涯论坛·天涯诗会），网址：http://bbs.tianya.cn/post-poem-256507-1.shtml

别

——悼念钱学森先生

佚名

秋天走了，

或许无可奈何，

洒下满地银杏叶，

像金色彩蝶。

前辈走了，

伴一场初冬的雪，

留下一生辛苦，

没有作别。

悲伤，不再与你同行，

连天都动容。

追寻，跟随你的脚印，

理想没有绝境。

在危险中辗转，

在世俗中倔强，

在辉煌中警醒，

在质疑中坚持。

别了,让雪花载满崇敬飞向辽阔的远方,

让寒风抹去腮边泪水心中惆怅,

让年轻的心续写你未完成的篇章。

空气忽然凝结。

看,暮色已浓重,

听,晚钟已敲响,

世界让黑夜划上休止。

但是,明天,明天的明天,

一切将从这漆黑如墨的夜,

悄然开始。

钱学森之歌

佚名

90 年冰雪磨砺不了他的矢志不渝，

90 年风雨冲洗不了他那赤子情怀。

"我是中国人"，

激励着他勇往直前。

他，带着为祖国争光的冲劲，

在大洋彼岸设计研制了第一代导弹……

睿智使他声名鹊起，

勤奋与业绩孪生相伴。

"一个人能顶五个师的兵力"，

钱学森的威名足以让敌人胆战心寒。

他，苦苦等待着回国的时机，

他，胸中只有祖国的壮丽河山。

可是，摆在他面前的却是道道险坎，

遭遇的是山姆大叔的无理骚扰和阻拦。

五年的坐牢、恐吓、软禁、跟踪，

激起的只是他那无畏的抗争和勇敢。

"被审讯的不是钱学森，

而是检察官！"

1955 年 10 月的一个清晨，

他，终于来到了天安门前。

梦，圆了！

泪，比蜜还甜！

次年,总理一声"同志",

让钱学森感受到了无比温暖。

他和同志们一道挑起千斤重担,

启动了新中国的火箭、导弹事业。

探索之路是艰辛的,

黑云压顶腰不弯。

啊,我们发射了第一枚导弹,

啊,我们爆炸了原子弹、氢弹。

卫星上天,

飞船上天。

工程控制论定位,

系统科学、思维科学、人体科学点燃。

发展沙产业、草产业、林产业……

第四产业开拓正酣。

这一切的一切,

都倾注着钱学森的心血和睿智。

他那广泛的科研贯穿了一条红线,

与祖国和人民利益紧紧相连。

为人民未来而思索,

为祖国需要而攻关。

这,就是人民科学家的求是足迹。

这,就是一位具有崇高境界的优秀共产党员。

千年一学森

佚名

他是一个优秀的中国人，

他参与的每一项工作都为咱中国人长脸！

他是一个优秀的中国人，

他曾代表中国在世界科技前沿发言！

他是一个优秀的中国人，

他把中国一直珍藏在他滚烫的心间！

他是一个优秀的中国人，

他把导弹、火箭发射架驮上了国人的双肩。

他是一个优秀的中国人，

他说："我姓钱，但不爱钱。"

他是一个优秀的中国人，

他让一个曾经缺钙的民族有了争气的表现。

他叫钱学森，中国千年一遇的骄子。

让他的名字镌刻在长城上吧，千年万年！

【出处】奚启新著：《钱学森传》，人民出版社，2011 年。

诗念钱学森

佚名

你把自己
人生的轨迹
描在了天空
弹道导弹和长征系列运载火箭
便沿着这条轨迹
飞翔起来

事实上
正确的道路,天上人间
同出一辙

你,钱学森
中国现代火箭之父
站立在学术的森林里
那么高大,杰出
智慧之星闪闪烁烁

七部专著,盛不下你
七彩的生命
盛不下
十亿双手抛来的掌声和鲜花

闪耀的星

——悼念钱学森

佚名

带着赤诚的心胆

走向大洋彼岸

带着报国情怀

冲破冷峻的铁网

黄色的皮肤

红色的火焰

在万里苍穹

揭开了天下神秘

背负民族的希望

写下闪烁的华章

走向荒野沙漠

两弹一星把世界照亮

腾飞的中国

和谐的人民

在千古丰碑

镌刻航天之父的形象

带着满怀的悲痛

仰望宇宙的彩云

带着敬慕的思绪

跪拜在天国之门

声声的祈祷

悠悠的歌谣

在广阔的天际

在共和国人民的心里

【出处】 来自网络，网址： http：//rc. club. sohu. com/zz0869/thread/！16bde01b28af2efa

悼念中国航天之父钱学森（二首）

一

好想走进您

好想您一双智慧的手

抚摸我的天庭

把我变成您的模样

成为世纪老人

不敢想象我会成为您

但我一直在想

成为你

成为一个民族的骄傲和自豪

不仅仅是我

这是全体中国人民的念想

几经风云变幻的世界

您走过了 98 个春秋

近一个世纪的历程

您的脚步

始终没有片刻的停息

从大洋彼岸的美国

一直走到今天

终于在今天

——十月的风里

您深深地躺在了祖国的怀抱里
实现了您的理想和一生的追求

这一刻
祖国人民都知晓您的名字
纵情地闻听
您在亲吻祖国母亲的那一刻起
您已经种下了希望的种子
为了祖国母亲的强大和富强
您把誓言和呐喊
深深埋藏

为了这一刻
您在荒无人烟的戈壁沙滩
为了一种前无古人的事业
在历史与现实中拼搏
最终您成为中国航天之父
最终您走向了辉煌
走向了您一生的荣耀

您走了
在微笑的秋风中
挥一挥手
从容地走了

没有带走一片白云

把思想留在了人间

【出处】来自网络，网址：http://bbs.tiexue.net/post_3917177_1.html

二

玉石山冈

我没见过您，

但从课本里认识您，

小小心灵里就知道，

您的了不起!

因为，

您是共和国的"火箭之王"，

您是共和国的"航天之父"，

您是"中国精神脊梁"的擎天之柱!

不知何故，

在您走的前一天，

这里雷鸣电闪，

黑云密布。

在您走的当天，

鹅毛大雪加快了它的脚步，

皑皑白雪，

学森颂

408

满天飞布。

老人们说，
您是天上的星宿，
苍天在为您的离去，
恸哭！

钱老：走好！

【出处】来自网络，网址：http://blog.sina.com.cn/s/blog_4d7c8bd40100fvgt.html

后　记

八载耕耘，不忘初心。专心致志，修成正果。

面对眼前这本厚重而精致的纪念钱学森诗词集《学森颂》，我们不由如释重负、感慨万千。同时深深体会到，若要做好、做成一件事，真的不容易，必须要有滴水穿石之韧劲，还要有非一日之功之恒心。而编辑这本具有相当体量和具备一定质量水准的诗词集，何尝不是如此。在长达八年的潜移默化中，在近三千个日子的寒暑交替中，编辑者简直就像在大海里捞针一样，又像一只只辛勤的蜜蜂不停地采集"百花之蜜"。是的，在卷帙浩繁的文档里仔细搜寻，在各个媒体网络或书籍杂志里潜心发掘，以及有意识地开展征集和策划等一系列活动，这些都是编辑工作之要义。试想，如果没有时间长度上的坚持不懈，如果没有空间跨度上的不坠之志，这件事很可能半途而废或不了了之。

令人欣慰的是，这件事历经千辛万苦、不言放弃和不断打磨，在我们手里终于做到了，做成了。经过八年的细心收集、耐心整理、认真筛选和精心编辑，在钱学森图书馆有关人员和钱学森研究中心编辑的共同努力下，一本精美厚实、品味高雅、融古通今，充满对钱老爱戴、崇敬和景仰之情的《学森颂》诗词集，终于在第二个中国航天日之际隆重面世。

于一个国家和一个民族来说，中国航天日是一个非常特殊并具有纪念意义的日子。1970 年 4 月 24 日，我国第一颗人造卫星昂然升空。于是，寰宇里第一次响彻激动人心的《东方红》乐曲。为纪念以"两弹一星"为标志的

中国航天事业取得的这一历史性成就，经国家批准将每年的 4 月 24 日设立为中国航天日。而说到"两弹一星"，中国航天事业的奠基人钱学森不得不提。正是当年钱学森冲破重重阻力从美国归国后，党中央高度信任，委他以开创和发展导弹、火箭的重任。于是，钱学森以他的高瞻远瞩和聪明才智，带领老一代航天人，发愤图强，报效祖国，以大无畏的东风压倒西风之气概，使得一枚枚导弹和一发发火箭横空出世，让西方世界刮目相看。"热爱祖国、无私奉献、自力更生、艰苦奋斗、大力协同、勇于登攀"的"两弹一星"精神，将与钱学森对中国航天事业的杰出贡献一起，永远辉映着熠熠光芒。

拿什么献给你，中国航天日？拿什么纪念你，人民科学家？今天，我们用崇敬之情、无愧之心，捧出了《学森颂》诗词集，当是献给航天日的厚重礼物，当是对钱老的最好告慰。

当然，编辑一本如此体量的诗词集，仅仅依靠各方搜集素材还远远不够。于是，我们于 2016 年 6 月份通过有关媒体特地举办了一次以歌颂钱学森为主题的诗词征集活动，并得到了全国各地及海外诗词爱好者的热烈响应。大家怀着对钱老的敬佩、敬仰和怀念之情，积极参与应征活动。通过征集，共收到诗词爱好者用心创作的 100 多首各种体裁的诗词和诗歌作品，其中不少佳作被收录到本诗词集中。与此同时，我们还邀请有关学者和专家，对所有应征作品进行了公平、公正的认真评选，并产生了一批一、二、三等奖作品和优秀奖作品，正是我们用善始善终、善感以恩的态度和情怀，来回报广大给予诗词集大力支持的应征者。无论是获奖的或是没有获奖的，我们都要向每一位投稿者表示深深的感谢。

值得一提的是，诗词集的问世离不开各位领导和专家的支持、帮助和指导。钱老之子、钱学森图书馆馆长钱永刚教授，不仅对该诗词集的征集和编辑全过程予以指导和把关，而且为征稿和求序等诸事奔忙，对诗词集的顺利出版功不可没。钱学森原秘书顾吉环和李明，对用诗词集这一特殊文体形式来歌颂和纪念钱老表示十分赞赏，并对如何编辑好诗词集提出了许多宝

贵意见。中国航天系统科学与工程研究院院长薛惠锋，获悉诗集即将出版，怀着对钱学森的敬仰之情，在百忙之中赋诗并赐稿。另外，中国书法美术家协会副主席贺秉发题写了书名并题词，中央党史研究室原副主任高永中作序，为本诗词集增光添彩。还有，航天系统诸多老专家、老同志，如王春河、刘登锐、陈大亚等，也通过各种方式、不同途径提出积极建议，帮助我们进一步做好编辑和出版工作。李明和王春河还身体力行为本书撰写了诗词。上海航天报原总编游本凤研究员为诗词集的征稿、评选，以及编辑出版等做了大量工作。在此，我们向各位领导和专家的鼎力相助表示真诚的谢意。

最后，需要指出的是，由于各种原因，我们虽几经努力，但截至本书出版时，仍未能与部分作者取得联系。恳请有关作者获悉本书出版后及时向我们反馈联系方式，以便我们邮寄赠书及稿费。

莺飞草长柳吐绿，万紫千红又是春。航天之日，春暖之时，惠风和畅，民富国强。记得一位著名诗人曾写过一首《感谢》的诗："我原想收获一缕春风，你却给了我整个春天。"在这春光明媚的美好季节，但愿我们编辑的《学森颂》诗词集，奉献给广大读者的也是春风荡漾、绿意盎然的"整个春天"。

编　者

2017 年 3 月